唐克扬——著

无名的芜湖
寻找故乡和风景

四川人民出版社

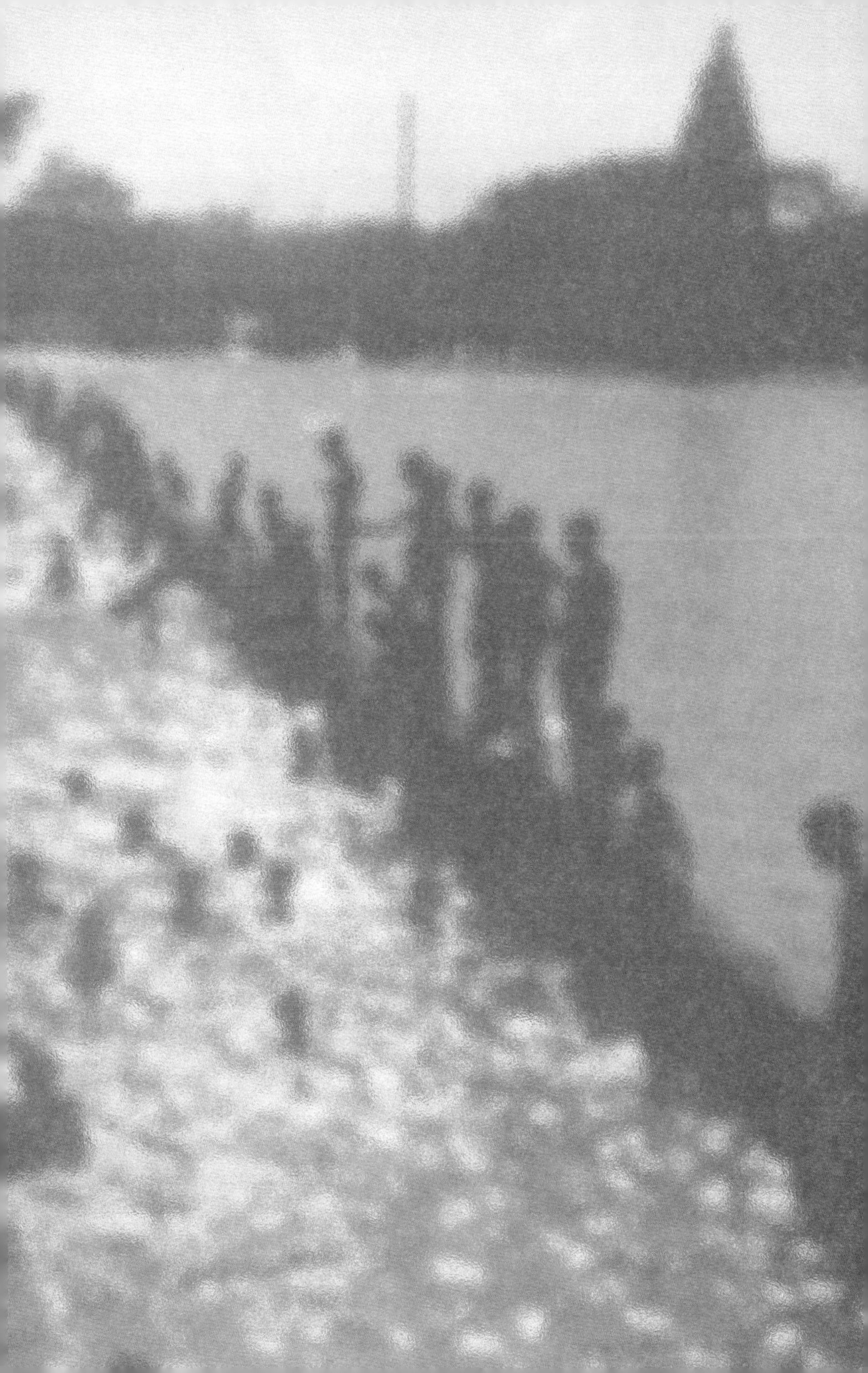

目 录

引 言　故乡来的陌生人
1

第一章
眼见为实：老照片里的重逢
23

发现故乡的塔
25

从河流上看见
37

看不见的城市
49

第二章
真实生活：河流上的故事
65

到港
67

江上往来人
81

太平山水
95

第三章
诗和地方：不确定的回忆
115

乡关何处
117

从建康以下
131

天际识归舟
145

第四章
无名的故乡：地方志的写法
163

年轻的历史
165

新闻与传说
177

无名的和未名的
191

尾　声
205

引言　　　故乡来的陌生人

我和艾米莉·普雷格（Emily Prager）本来永远也不会相遇。我写过她的城市，这很正常，因为这座城市是万众瞩目的纽约；她有一本以我家乡为题目的书《芜湖日记》（*Wuhu Diary*），在兰登书屋（Random House）出版，这却极不一般，因为没有多少外国人听说过这座城市的名字，更不要说去过了。她关注我的家乡安徽省芜湖市是出于特别的原因：1990年，她在那里的孤儿院领养了一名被遗弃的女婴，后来"露露"（Lulu）在曼哈顿的格林尼治村长大，出落得亭亭玉立，算起来，如今也该初为人母了。

我不仅是芜湖人，也是一名城市历史的研究者，我关心那个本地女孩在纽约的命运，也好奇艾米莉如何描绘她初到我家乡的印象，就像有人第一次去曼哈顿，难免会在朋友圈里报告时代广场的观感，毕竟，我们那儿的人总喜欢"半城山半城水"地说自己,觉得我们的城市还算有点特色——毗邻大江,河泽密布,青山半掩——但是读完那本非虚构题材的英文书,我不免感到失望,更多的是一丝尴尬:这座城市的面貌,完全没有成为她书中的重点,似乎除了20世纪80年代的末尾,有一对中国父母偶然把露露丢在这里,就没有任何可以说到的东西,城市的背景没必要存在似的——不,艾米莉几乎就是整个儿忽略了它长什么模样。

在叙说了一家人抵达上海的激动之后,初到江南的纽约作家,只是模糊地提到了她是如何走进芜湖的:

> 我们坐火车……(走出火车站之后)我们看到的第一样事物是一座微型的埃菲尔铁塔……[1]

如果这种舶来的法国风味尚属偶然,她随后看到的一切则断然不是了:

> 毫无疑问我们行驶过的是一座时髦的(snappy)小城,另一座按照法国模式建立起来的城市,像车轮辐条那样枝杈出去的环路和街道……如同香榭丽舍大街那样的林荫道……[2]

真的如此吗?虽然大街上偶然会看见些类似"枫丹白露""塞纳河"的招牌,但很难想象本地人当真把他们的城市和巴黎等量齐观。

1—2. 艾米莉·普雷格,《芜湖日记》(*Wuhu Diary*),2002年,兰登书屋,第53—54页:关于带养女回中国老家。

不过，对于20世纪90年代初期的中国城市发展风向，不知恭维的外人却留下了非常准确的评估。法国一个多世纪前曾经大张旗鼓地兴起"城市美化运动"，豪斯曼男爵毁掉了一个中世纪的巴黎，换来时人以为进步的新都会，不再是古罗马、古雅典。可是，这座因着江、山、湖而建立的中国小城毕竟不同，它没有从旧的山河里找到新发展的思路，只有借助引入陌生的异国地名才能激发想象。

对于这个时期粗糙的发展而言，神似"法国"，也许还算一处过得去的"西洋景"了——至少，在那个时候，小城里还没有过于宽阔的马路，不受地形羁绊的"粗暴的网格"还没有充分铺开，最高的楼宇也就十层左右，而且就是天际线上稀稀拉拉的几座，大多数建筑不会比"限高的"巴黎建筑更高。更重要的是，"效率"未高，人情味尚浓，自行车骑过的时候，破破烂烂、坑坑洼洼的地面，相对于不太夸张的城市尺度可以谅解。水泥覆面统治了大部分的建筑，算是从土房和草棚往"现代"相对平滑的过渡，城市里唯一闪亮的，被艾米莉戏谑为"迪士尼风"的，是神气的蓝绿色镀膜玻璃，就像稍早出现的"蛤蟆镜"（太阳眼镜）和瓷砖贴面一样，它是20世纪八九十年代，中国人对迟到的"现代"美学朴素的阐释。

相对于我们对于纽约的美奂，这种单向的模仿有点不大讨好：一边塑造了另一边的神话，另一边对这一边，却是不加掩饰的揶揄。但是后来的发展证明，艾米莉的评价还算是比较友善的，因为，她还没有预见到20年后惊天动地的变化。从她抵达芜湖，到我写作本书的时刻，在这段时间内，我的"故居"竟然经历了两轮彻底、完全的拆除—重建。

我对英文的芜湖文字的好奇心，有点像夹带私人情绪的"考古"。在不关心这个话题的"别人"看来,我想知道的尽是无聊的问题:城市过去到底是什么样的?那位带着照相机的西方女士,会不会告诉我,在艾米莉领养露露的那一年,我所寄居的江边、山下到底是个什么模样?那路有没有坑坑洼洼?那建筑是否如她所说像某些欧洲的小城?那地方她肯定去过,但她就是不写,《芜湖日记》只字未提,千万人小时候赖以成长的物理空间,现在居然已经无从分辨了。

这种失落源于某种强烈的、真实的个人经验。在20世纪90年代中期的某一天,我的家人突然打电话告诉在外地的我,位于"吉和街"的"临江巷"——直到不久以前我都不知道这两个地名的含义——过几天就要拆迁了,他们正在紧张地清理、打包家里的家什和物品,夜以继日。

可惜,那时候我们没有照相机,因此也没有留下哪怕一张旧家的照片。也许真的留下了反倒就不会纠结,因为一旦洗印出来,它就像大多数现实一样不耐久看,城市衰败的内心总是招人嫌弃。我的印象中,它却是一幢不太寻常的建筑,曾经属于非常有钱的人家。也许,这幢楼真的像人们传说的,是那种如今也进了保护名单的"近代建筑",常见于通商口岸。因为我记得,建筑的基座上有精美的花样,柱子上端有某种我不理解的装饰——后来我知道,它叫作"柱式"(order)。

自然,我并非仅仅怀念建筑的花样。过了没几年,第一次看到重建后的这个片区,我的感觉只能用"震惊"来形容。半幢老房子也没有了,我再也没有看到过我走过的那几条小巷;曾经飘着浓浓的酱醋味道的酿造作坊,就像从来没有存在过一样;在它们可能站立过的地方,建起了一座巨大的高层居民楼。对于后来去学了建筑学的我而言,这是我毕生难忘的关于"尺度"的一课:虽然我只是模糊地知道我曾经住过的房子有多大,但却清晰地记得周遭的人事有多纷繁,邻近的街区有多稠密……

"18平方米",这个数字本来没有感情,但却是今天看来难以置信的一家四口人的空间。当时并没有觉得多小,"蹭蹭蹭"从木楼梯上跳下一楼,绕出庭院,跑到巷口,一个小孩也不是眨眼间就能办到,世界对他来说依然很大。"临江巷"所在的整条"吉和街",不知道有多少这样的小巷,多少蹦蹦跳跳的小孩,他们穿行在小巷中的轨迹,就像鱼骨上的小刺连接在这根脊椎骨上。但是,现在只剩下了光秃秃的、膨大了的脊椎骨……习惯了外面的世界之大,你突然再掉回头来,已难发现那些细小的记忆的微末,它们消失在急剧膨胀的城市里,就像一粒灰再也找不到踪迹。

那些曾经无比熟悉的称呼呢?傅家院?工字巷?梦范里?宿松巷?沿河街?马家巷?临清里?利济巷?现在,这些地名都消失在几幢巨大的高层建筑物沉默的"躯体"里了,只在一本稀有的《安徽省芜湖市地名录》中才能读到。我曾经真真切切走进的三维的城市的结构里——凹凸不平的房屋的表面,崎岖幽邃的通道,街旁的小树和大树,连同形成我对人世初步印象的那些人和事,都消失得一干二净。至少,线条都简化了,一切更加笔直平顺。

艾米莉断然是不知道,也不可能有兴趣了解这一切的。

有了20世纪90年代这次深刻的经验,对于下面所发生的那些事情,我已经有了一定的心理准备。讽刺的是,20世纪90年代后期仓促建造起来的新街区,可能并没有满足城市已经张开的胃口,或者规划城市未来的人还嫌这样的未来图景不够"未来"。也有可能,靠近水滨的这个地段,看样子确实是太靠近美丽新世界的肚脐眼了——于是,仅仅十年之后,这个片区又迎来了第二次大动迁,我曾经看到的那幢巨大的居民楼,也经由另一次定向爆破,成为纯粹的回忆了。好像是一夜之间,城市的历史被改写了两回。

那段只是短暂存在了没几年的"新",我都记不住它长什么样子了,更不要说那段"新"之前的"旧"了。现在"新"又变成了"旧",一切就好像荒诞剧,魔幻得使人难以置信。2008年我再次来到城市巨变的现场,摸索着找到了可能是我家曾经存在的地方,透过工地围挡的缝隙,只能看到一个无比巨大的深坑。我瞬间觉得:不光是半爿城市,我的一小部分人生都消失了。

"城郭如故人民非"[1],实际上,人民倒没有太大的变化,虽然有人逝去,有人老得不敢相认,但他们依然说着一样的语言,执拗地保持着自己的生活秉性,但是城市是绝不一样了,事实上,它简直就是重新来过了一回。从这个意义上,我"有幸"见识了千年以来中国城市的一场大变局。

我研习过罗马城市的兴亡史,一笔笔地描画过古代中国都城的平面图。我的第一反应,就是我应该将这座城市的过去重新发掘出来,把我曾经熟悉的景象,从某个邻居褪色的影集里拭去灰尘——确实,我也这么做了,凭着有过研究训练的人的直觉,依仗一些资

---

[1].《搜神后记》:丁令威,本辽东人,学道于灵虚山。后化鹤归辽,集城门华表柱。时有少年,举弓欲射之。鹤乃飞,徘徊空中而言曰:"有鸟有鸟丁令威,去家千年今始归。城郭如故人民非,何不学仙冢累累。"遂高上冲天。

料渠道的优势，我的书架上，有关"芜湖"的专门收藏已经越来越多。了解一座城市，你需要有——按照我心目中的顺序排列——地图、照片、艺术作品（假如有）、当代人或者后人一手或转述的文献，各种看似不相关的周边资料，甚至如同社会新闻、贸易记录、工程清单、地契房账……都可能勾勒出一个城市的万千变化。这个过程好像法医鉴定现场，即使罪犯试图擦去曾经发生的一切，只要掌握基本的数据，运用极为强大的逻辑，你就可以恢复出一个如在眼前的历史场景，和曾经存在的别无二致。毕竟，对于芜湖而言，能够找到的资料并不像老北京、旧上海那么铺天盖地，仰仗着精确的经纬度，你很容易就可以有个"占有全部资料"的幻觉，编织出基本的历史空间的蓝图。

我的首要目标，自然是那些"比较可见"的资料。建筑学家看重的，不是平板的物象，而是可以举一反三的"结构"。从美国《生活》杂志刊登过的航拍影像，你可以得到一份大致不差的平面，即使那张照片并不是真正的俯瞰，而是和地面形成一定角度；就算某份草图里未知绘图人确有误差，但和类似的几份地图两相对照，你便发现其中隐藏着的某种历史真相。这种破案的快感，会纠缠着回忆失而复得的喜悦，我尤其着迷对小时候住过的街区的"考古"。在过去的十多年里，我离过去那座"完整"的城市已经越来越近，直到有一天的一个事故——

我在淘宝上看到了一份题为《芜湖专区地形全图》（副题：《青弋江综合利用布置图》）的图纸[1]。我模糊地觉得，了解这座江南的城

---

1. 制图栏信息为："芜湖专区水利工程处设计室制，一九七二年八月。"

市,自然地形,特别是山和水会是一个相当重要的参考依据。在我们小的时候,依稀记得城市里到处都是各种水塘和沟渠,道路起起伏伏。从淘宝卖家发货的简图来看,这份图的比例尺相当大,它足以使我看清楚一些现在已经不复存在了的地形特色;它还是我设法获得的第一份本地城市旧"舆图",地图精度可以信赖,对于这样无名的小城市尤其难得。讨价还价一番之后,我终于收到了这份破损严重的工程蓝图,那一天我都很开心,首先把图交给一个懂得古书画修复的朋友去粘贴缀补,要不然,很快它就会在频繁翻阅中碎成一堆纸片儿。

可是,有一天,他突然吞吞吐吐地告诉我,他随手把图放在汽车后备箱,然后就找不到我的这张图了!

你可以想象我当时的心情。我仿佛又站在了旧家废墟的旁边,只是目瞪口呆地注视着那个无底洞。

这巨大的损失令人沮丧,它留下的空白导向另一种空白……不完全是从损失里醒转过来的一种心理治疗,在接下来的几年之中,我逐渐开始思考这样一个问题:我想要回去的,到底是一个什么样的"故乡"?我有没有可能事无巨细地看待一个城市的历史,哪怕只是极为有限的一个片区?假如,因为某种原因,我不幸永远再也不能接触到某条史料、寻回某份地图,它就再也"看不见"了,那么,这座城市的过去对我的意义到底是什么?

其实,不了解这座城市历史的人比比皆是,包括那些永远也不会走出它,满足于亘古不变"日常"的本地人——很早我就意识到,我们或许是两种不同的人,从小,我就不能想象,我会甘心一辈子在这安静的小城里,经历全部的生老病死。可是,我断然也不会属于芝加哥、纽约,这些我度过求学时代的异国地名,甚至我也不属于北京、深圳,因为我的一小半记忆,已经埋藏在这座小城市不知名的地方,那座庞然大物的某一部分下面了。我没有来得及从那里抢救出我的记忆。

站在艾米莉和他们之间,或者站在时代广场和我不熟悉的崭新"故乡"之间,我感到巨大的惶惑。

不可否认的是,以上的叙说中透出某种比较消极的态度,就是好像认为"此刻"的一切都并不令人满意;另外,它或许会给人一种过于个人化的印象,"故乡"成为自恋的借口。毕竟,我们不是北京、上海、广州这些名城,我们,甚至也没有丽江、大理、厦门这些旅游目的地的价值。我们普通到一个抱养中国弃婴的外国人都记不住它长什么样子……我穷究它的过去,难道就是为了推翻以上结论,把地方史志的空白夸大成所有人茶余饭后的话题?

接下来的这本书,从更久远的起点讨论我熟悉的城市,并不是为了证明一切"现代"都不值得谈论。可是,我不得不说,在人造环境这方面,我收到的"现代"的快递,来得过于迅猛,以至于难以接受,它像一颗或许有效的药丸,没准有益身体但是确实带着苦味。从天而降的"现代",干净利落地切断了过去和此刻的联系,把人居环境变成可以随便摆布的物品,挂在各个城市规划展览馆上的总体规划图,语气是截然的和论定式的,仿佛一切未来都在指掌之中。从此以往,千百年来感性沉淀的历史知识已经在这座城市里消失,除了"一切历史都是当代史"之外,还有"所有历史都是异乡"。

不想再造成一种"我们理解了"的假象了,不欲在这里,就急着告诉读者芜湖是什么样的一座城市——不再"二一添作五"地告诉你,它"应该"是什么样的。事实上,某种含混的城市印象正是本书意欲讨论的主题,也是未来需要再次寻求的东西。过去已经大部分失落了,重新"发现"这种印象的过程,构成了本书主要的叙事线索。之所以会有这种重新"发现",则是另一种城市学所关心的"学理",它有助于从对"城市是什么"换到对"城市是什么样子",甚至对"城市为什么是这个样子"的关注——谜面和谜底同样重要。

但是,让我来简单地介绍一下这座城市最基本的结构吧!以便使得它在读者们的心目中有个最起码的"期待视野",如此,我们好歹就有了最基本的讨论谜题的规则。我们依然需要一份地图,但是我们暂且将过于精确的、知道一切的现代地图排除出去,也不急着考虑城市的官方定义。我们的地图,更接近美国城市学家凯文·林奇(Kevin Lynch)所使用的那种"意象地图"。回答一个地方是什么样子,哪怕不尽准确,也是最基本的"地方知识"产生的过程。

江。

它是芜湖最基本的起因——"江声浩荡,自屋后上升……"本地的报纸叫作《大江晚报》,这座城市有时候也被称为"江城",我的旧家,就是在一个叫作"临江巷"的地方,附近,有沿河街、临清里……一堆和"水"有关的地名,隔着"吉和街",甚至还有一处"雄观江声"的曲巷。长江流域,有资格这么叫的地方不知道还有多少,但值得说明的是,城市并不是从来就邻近长江,像今日水滨的江景房和江滨广场的广告词上说的那样；相反，在很长的时期里，这样的选址是难以想象的，洪涝的危险使得古代城市远离真正的江边，在距离江边大约十里[1]的地方，它才寻觅到了一个安全的城址，不一定真的可以听到江声。但就像约翰·克利斯朵夫笔下的莱茵河一样，本地的文人一直夸口说他们的城市和自然建立了神秘的联系，这种联系有史以来变化不大，它印证着古老的地方传统，可以上溯到神话一般的时代里去。

不止一条江。青弋江，古称"清水""泠水"或"泾溪""泾水"，唐及北宋时始称"青弋水"，是长江下游最大的一条支流，发源于皖南黟县黄山北麓，于芜湖市区的"关门洲"入长江。它的上游某处，也是我小时候随母亲下乡待过的地方。毫不奇怪，两水交汇处往往是一个城市的起点。帮助搜集本地及其纵深地带的物产、货品，大河仿佛高速公路，让它们加入区域经济，乃至全国经济的流动中。只是相比起长江，支流在上一个世纪的变化显得更加触目惊心。在我小的时候，毛细血管一样的河渠，星星点点的水塘，使得这条不宽的支流的存在不那么突兀，市中心的两块湿地，以前以诗人陶渊明命名的"陶塘"，今日叫"镜湖"，构成了此地最主要的风景区。原来，最早的水面不仅在江边，河里，也在芜藻丛生的芦苇荡里，连绵不绝，要不怎么叫"芜湖"呢？但是现在，在高楼大厦下面，陪衬着符合防洪要求的硬质水岸，这些水面看起来已跟洗澡盆一般迷你。城市里，很少再有纯自然形态的水面。

---

1. 从江边宝塔到古城西门，是大约3.42公里的"十里长街"。

山。

　　和重庆、贵阳比起来，我的城市算不上一座真正的"山城"。在旧日的芜湖，最高处最低处的极差只有十米左右，但是城里到处都是以"山"命名的地名，足以延续一种可见的空间"基因"了——这种基因，一旦有了就难以磨灭，在有高低起伏的地方，建筑自身将变相为戏剧性的地形。艾米莉看到的，"像车轮辐条那样枝杈出去的环路和街道"，正是因应这些微微起伏的小丘。这些枝杈出去的街道，绕开了高差太大的地方，穿过两山之间的低地，连接更细小的巷曲——可是，车轮战的法国模式最终输给了大网格的美国模式。大概就在纽约人离开后不久，这座小城比全国其他地方早半拍开始了大规模的老城改造，拆掉了大多数低矮的旧民居。事实上，在1983年开始编订的芜湖城市总体规划里，芜湖将是"水陆交通枢纽和内外贸易港口，以轻纺工业、商业为主的城市"，网格状的大街区，已经顾不上呼应更细小的城市中心区，照顾记录地区历史变迁的微末高度变化了。[1]

　　在他的名著《城市意象》中，凯文·林奇建立了一套帮助人们理解城市的基本办法，即使注目于道路、边界、区域、节点、地标等共同因素，他依然注意区分不同的视角："让一位受训的观察者对地区进行系统的徒步实地考察……（再）选取一小组的城市居民进行较长时间的访问……"前一种是根据即时出现的城市元素，为陌生人绘制直觉化的"印象地图"；后一种则根据长久工作、居住的

---

1. "提高土地利用率。旅馆、公寓等公共建筑应向高层发展，住宅应以五、六层为主，一般不建平房。"见《安徽省人民政府关于芜湖市总体规划的批复》，1983年5月12日。

经验沉淀出更稳定的，复数的城市结构。[1]对目前的我而言，如果按照他的方法，我却同时适合两种人群的定义：既是受访人，又是主动的探求者。我既曾经横切过一个新城市的秩序，又久久浸入我小时候的生活空间，那个空间存在于上述一切的变化尚未开始之前，但在回忆里，熟悉和陌生的两者却合二为一了：

> 什么才是故乡的模样？……我得好好想一下。首先，我的小学在"吉和街"上，在一座小山下……我的中学在另一座小山上。两者合在一起，构成了我对18岁之前世界的全部看法。

> 就好像后来我多次看到的罗马，不管这山其实多么微不足道，山间的起伏，成就了最初的都市，西方文明最著名的人类聚落之一在此发生。我要走出江边那片低地，到"吉和街"另一侧的那个世界去，就会爬坡上坎。后来想起来，因为这些地形城市的一切才易于理解了：山丘彼此错落，岬角般的山坡，适合从一角开始，布置放射状的平路，平路最终拓宽，成了连接城市要冲的交通干道。吉和街也在小山"吃入"江边空地的山脚下，是山势基本终结的地方，也是江边人们往来的大路。

> 山大概是圆形的，山形还算和缓，山对回忆是有意义的。因为山的一侧是小学教学楼的"屏风"，山，也恰好构成中学田径场看台的坡度，两处，自行车骑上去都是五十米左右，不太吃力。山头平坦，能够建起好几幢不算小的建筑，学校草创的时候，公共事业能有这么空的地盘不容易。不管小学中学，理应都在已有

---

1. 凯文·林奇，《城市意象》，华夏出版社，2017年，第10页。

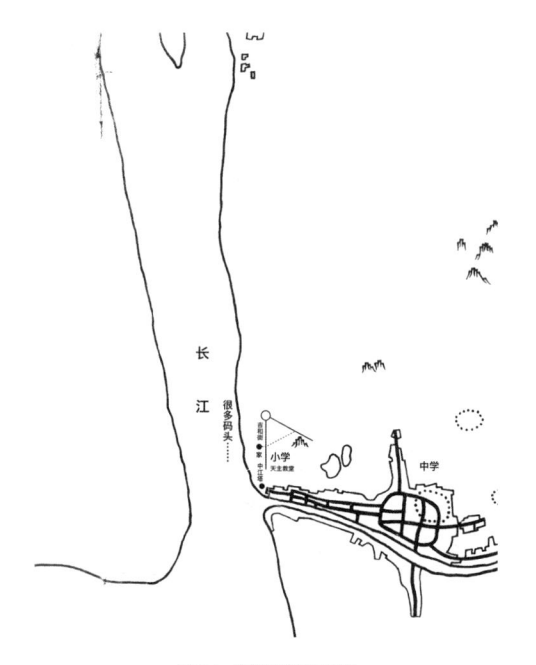

插图1　我的城市记忆地图
显示笔者曾经居所和芜湖山水及旧城的关系，根据唐晓峰等著作的封面改绘

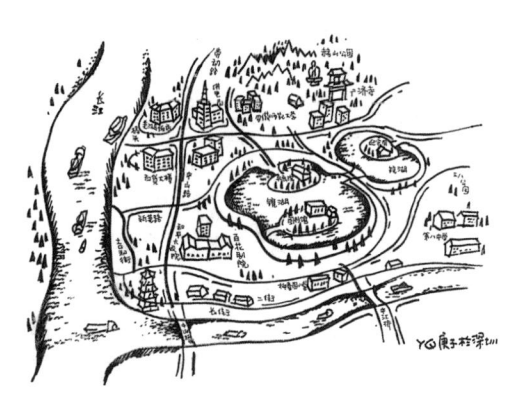

插图2　芜湖出生的艺术家易强绘制的"芜湖城市记忆地图"

城市的外围，它们在山上；或是平地住居上方的"孤岛"。

……最初，我上小学是蹦蹦跳跳去的……就算上了中学，我每天坐公共汽车也不过三四站路，大多数时候干脆走过去（听到这里，我的美国同学着实吃了一惊）。步行的时候，我冲下楼梯，绕出庭院，只需要拐两个小弯，然后就面对城市的大街。但我不必走吉和街，再走一条小路，就可以节省两站公共汽车的车程，从一条大街横穿到另一条。按照后来我学到的知识，第一条大路，"吉和街"，是平行于江边的，属于我童年的记忆，也就是大江边的世界。一旦抄了山上近道，穿过"朱家巷"，经过没有亭子的"八角亭"，沿着垂直于水滨的小路，就通向了另外的一个世界。在现代城市之前，这需要克服一点地形的挑战——其实"地形"也就是几处不算过分的梯级。我会穿越"青山街"——这个地名本身就说明着我正在干的事情。

走上第二条大路"北京路"的时候，一切不再有悬念了，这是一段相对长的步行，属于现代城市。当我看到一个水塘的时候，就知道我们快走到学校了，眼前的风景趋于开阔。如上所述，在那时候，只有城市的外围，才会有这样大面积的水面。[1]

最后，一路向高，直到登上山丘上的中学的最高点，一座由它的毕业生，清华大学的单德启教授设计的教学楼。面对走廊的窗口，你可以俯瞰芜湖的老城——原来在江边和学校之外，还有一个世界。它的城墙早已毁弃，在新的经济生活里又是如

---

[1] 大多教会学校和西人兴办的其他事业，当时都处在城市的边缘甚至人迹罕至之处。这固然是紧张的中外关系所致，同时也反映了中西城市对于"自然"已经大不相同的看法。参见唐克扬《从废园到燕园》，生活·读书·新知三联书店，2009年，第112—113页。

此无足轻重，以至于我是过了很久，才注意到古城在现代城市中的存在。

更重要的一个发现：这些山，这些水，其实隔开了我对一些事物的想象。我自以为江边就是一切，其实真正的城市另有其地，儿时住的地方，实则只是山下滩涂，低洼地，过去城市大部分人眼中的边缘，很可能曾经被远古的江水淹没。它断然不是传统中国城市首选的位置，却成为现代城市里首先被拆迁的对象。我人生的起点，并不是城市的起点，极为巧合的是，因为极好的风景，它又是20世纪城市新的起点。

——根据笔者2013年6月2日在北京今日美术馆与艺术家李强、王文革的对谈改写

——"我"实际上正是城市历史的枢纽，因为从江边到老城，"我"早已回溯了历史的变化，甚至"我"自己也是这种变化的产物。为什么我的家人会来到这里定居？然后他们相识、相聚？无论新兴的现代学校，还是江边的城市，都是在我感受到的这种"变化"中诞生的，这种变化，和最近的变化并没什么本质上的不同——由于这种变化，近代的芜湖才有了时髦的"外滩"，洋气的西方建筑和高耸的教堂，这一点点的西风濡染，一度让无名的小城变得颇为自得。这是从纽约来的人所不理解的，"她们"看惯了一切变化之后，对这种西风吹拂下的"东洋景"也已习以为常。

临江的"临江巷"，是随着近代化的进程，由西洋奶粉和内地稻米共同哺育的新的城市"生长区"。由于芜湖在对外通商中扮演的特殊角色，它迎来过一度的兴盛，这种兴盛和上海、汉口、青岛……

只有程度的差异而没有性质的不同。不管是在长江边,还是在青弋江的两岸,平行于江岸的道路,就像"吉和街"一样,鱼骨般编织着扎向传统尺度街区的凌乱小刺。它们一些是仓库,是商贩、外地迁入者、流动人口的临时宿处;一些是在华外商,还有他们买办的住宅。这之间错杂着货栈和市场,在其中很难找到纯正的本地人。除了从遥远处赶来的广帮、潮帮、鲁帮、宁(波)帮,甚至还有江对岸的,也算一种"移民"——我曾经读到中共早期的领导人,情报部门的传奇负责人李克农的传记资料,他就是隔着长江的无为人,家族因为避难到此,住在我们家巷子的隔壁。[1]

没错,我们自己就是外地人——我小时长大的地方,本是我外公外婆的住处。1945年抗日战争结束以后,他们千里迢迢回到南京老家,从家族里分到了几根金条,作为开店的资本,最终又搬到这个地方,从小工商业者沦为城市贫民。我的父亲那一边,则是从江对岸更远的合肥来到芜湖的,也是受惠于近代兴旺起来的"洋务"。李鸿章家族从同一座城市迁居到芜湖,皖系人物在清末东南政治中的利益网络,促进了这座城市在清末的勃兴,奠定了此前并不出众的小城江滨的地位。我对比了民国时代的照片和20世纪90年代初期的芜湖市地图,整整半个世纪之内,这个地区的格局并没有太大的变化。

今天我又走到这里,然而却不再纯然是"本地人"。我试图像

---

[1] 李克农在1953年2月所写的《自传》中曾自述其身世:祖父李培芳在太平天国运动时离开安徽原籍,逃难到江苏、浙江,以撑船为生,后在安徽芜湖居住,因无子乃过继他的父亲为子。父名李道明,又名哲卿,原籍安徽巢县烔炀河镇人,寄居芜湖五十余年。在芜湖海关及常关(雍家镇附近)当职员,直到辛亥革命时离职,以后又在税收机关供职。芜湖吉和街家中有平房十余间,生活尚可维持。

艾米莉一样,带着外乡客的视角理解我面前更新的城市,就在新冠疫情猖獗的2020年新年,我难得有机会回老家过年,特意选择住在了这个街区附近。一座有着巨大观景玻璃窗的希尔顿酒店,让我有机会终日观察我熟悉的地方,它的边界、区域、节点、地标……但是,除了画面左边的长江,除了吉和街上已有百年历史的天主教堂,已经把门前的空地扩张成了更加神气的"吉和广场",一切全然是陌生的,过去的那种赖以"识途"的依据已经不存在了,不仅建筑不复存在,就是大部分景观也已经改观。几十条小巷曾经纵横交错的地方,面前只有为数不多的几幢大楼。因为未曾变动的吉和街中心线的存在,我大致肯定过去"就在那里"——就像"山就在那里",吉和街,曾经是一条极为热闹的菜市街。但是就连这条我在此长大的路,都宽得让人不敢相认了。

还有相对更小的、更隐秘的路依然存在。所幸有《芜湖地名录》这样的记录,我才大致知道它过去的材质:弹石、泥土、水泥、石条、沥青……你无法从它今天的材质确认这是同一条路。想象中,你沿着它走进去,就可以看到一两栋依然没有拆除的老房子,可能年代相对久远,让人认出这里曾是旧马路的边界。沿着马路一直走下去,从我懂事时起,就能看到一幢八层楼的海员俱乐部,那时是我们这个城市里最高的建筑。[1]小街对着的货运码头,已经改成了更时髦的水滨公园。我选择在一个夜晚去到这个大致的"地方",只看见江边朦朦胧胧的树影,回头望去,建筑物的轮廓代替了过去的山

---

1. "海员楼……于1980年9月建成使用。海员楼高七层,局部八层,建筑面积4326平方米。"参见安徽省内河航运史编写委员会《芜湖长江轮船公司志》,1992年,第89页。

峦——凯文·林奇的知识在这里不起作用,因为视觉完全失效了,心理上,你却稍稍接近了历史的真实。

一旦感受到了一星半点,一旦你能捕捉到的"真实"是如此些微,你就会油然联想到,假如艾米莉站在这里,她看到的也不过就是一个普通的小城市,今天的普通和过去一样普通,这一点好歹是一样的。对于局中人如此惊骇的城市变迁,好像在艾米莉这样的外地人看来也没有什么了不起,并没有什么可以说道的东西:平庸的建筑,肮脏的街市,缺乏特征的风景。那,不过也就是她的传教士祖辈看到的景象,一百年前似乎同样没什么值得写下的感受……是的,陌生,但并不因为陌生就有惊喜。

访旧又总是给真正的当事人带来巨大的震撼,"没有什么"的城市日常,和"蕴藏许多"的沉默之间戏剧性的反差,使人倍感沉重。我读到李克农的故事,说到他在新中国成立初期回家省亲,但在那里什么都没有说,只是在那个门牌号前面"伫立良久"[1]——他,可能是我听说过的唯一知名的"共情者"了,其他人,我们曾经的邻居,我因为当时太小,都不知道他们到底是谁,更遑论他们现在去了哪儿。但我比李克农在这个门牌号前待得更久,他还有起码的"故居"可看,而我只有一个数字。令我久久不能离去的,不仅是一种感情上的冲击,还有一种认知的困惑,以及对于"未来"将进一步流散的忧虑:他,见过我的旧家的那个西式柱头吗?认识它最初的主人吗?他们(或者说,我们)是谁?

1.李克农的旧居在马家巷1号。从经历上看,他在原籍安徽巢县只有几年,将近而立之年他才离开芜湖。芜湖"吉和街"是他去往大城市,主要是在上海从事革命工作前的重要生活经历。

或许有人会说,这种庸常的日常生活的历史并没有什么了不起,不具有"高等文化"(high culture)的价值,哪怕是从精湛的民居设计里提炼出来这么一点"文化"也好啊,阅读这些个人中心琐屑的叙说,也许使人昏昏欲睡。

其实,我不反对这种质疑。仅仅是"我"所代表的个体所在意的,真的对城市有那么重要吗?回忆是个私人问题,哲学问题,还是也可能属于现实?拆除江边的整片街区,将它们整饬为恢宏壮丽的构图,也许,只是对过去二百年滞后、消极的发展观的一种拨正,这些西风濡染的建筑多半为了实用目的而生,它们蓬勃发展的时候并没有以本地人民的文化传统为意,甚至也不是所有二流三流的"设计"——比如那些仓库、棚屋、作坊——的基本功能,都称得上与"文化"有关。我并不看重它们是否会成为国家文物保护单位,相反,除了文人墨客的诗情,更多数人的"日常",仍需要依靠不那么吸引人的"发展"来维系。如此规模的老城区和它的过去,淹没在日常里,很难说有什么必然值得流连,毕竟,对这个城市更重要的,还得是它目前并不明朗的"未来"。

可是,就像上一次的发展不免是无心"偶遇",若是土壤贫瘠长出明天花朵的希望也甚渺茫。江水滔滔,是否真的能记住这"无名"的一切,如何评价这些不可知的过去?

我无法评说"现在",但是我又无法简单地"回到未来"——或者如城市志书的作者所爱比喻的那样,"让历史告诉未来"。事实上,试图探询这无名小城仅仅上一百五十年的过去,你就会面临无边无际的"问题",就像那无边无际又难以穷尽的资料一样,它们不仅困难,而且无趣。充沛的感情和转移了的注意力形成反差,不可置疑的前提和变化的标准又有矛盾。登上最高的山顶,你看到的不仅是纽约摩天大楼上望见的,不仅是更多的质量平平的房子,也是一种强烈的"无意义"。本地的历史,至多,也就是山顶树丛中的长江一线,它有光亮,但看清了又乏善可陈。

另外一个问题,是对百年地方志贬值为商业策划书的油然反应,我们需要人为地把无名变成"有名",特点升级为"特色",日常炒作为"网红"吗?

因为某种冥冥中不可知的因素,这个世界一般的命运也就该如此:它无法被忽略,但又最好不被"说破"。

仅仅是我们眼下能认知的历史,不应该是我们停留的终点。我们应该回到"更早以前"。

然后,更早以前。

凡事都有定期，天下万务都有定时。生有时，死有时……杀戮有时，医治有时。拆毁有时，建造有时。哭有时，笑有时。哀恸有时，跳舞有时……寻找有时，放手有时。保守有时，舍弃有时。撕裂有时，缝补有时。静默有时，言语有时。喜爱有时，恨恶有时。争战有时，和好有时。

——《圣经·旧约》（节选）

一切自古就有，一切又将重复，只有相认的瞬间才让我们感到甜蜜。

——曼德尔施塔姆

第一章 / 眼见为实：老照片里的重逢

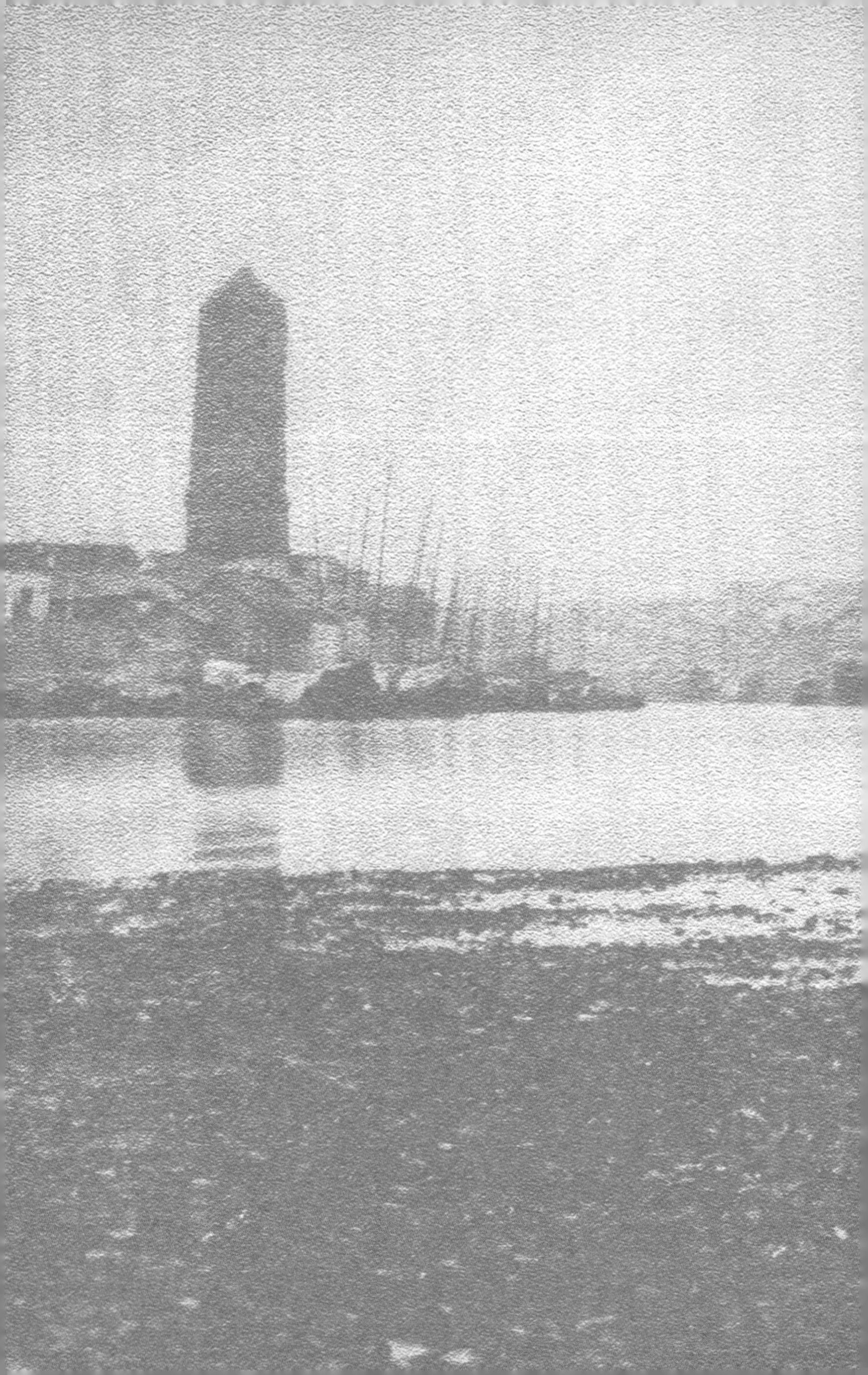

发现故乡的塔

2015年那个非常寒冷的日子,我去了一次离波士顿不远的马萨诸塞州塞勒姆(Salem),应那里的迪美美术馆(Peabody Essex Museum)之约,我将在他们的摄影档案中检视一批和中国有关的老照片。

这本来是寻常安排,我却有了个意外的发现。

塞勒姆是北美殖民地中最早和远东进行远洋贸易的城市之一,它所积累的财富和中国有着莫大的干系,正因为此,它对我而言有着一种莫名的亲切感。早期到中国的殖民者的中国摄影,相当一部分都是在那些与他们有贸易往来的沿海港口——尤其是广州——取景,偶尔有些北京和内陆的风景,大多拍摄于重要的外交事件前后。正因为这个原因,散落的照片,时常被错认作广州或者北京,因为它们是外国人最朗朗上口的地名,即使这两个地点本身意味着两千公里的直线距离。

你看,《芜湖日记》的作者艾米莉不也正是这样吗?在她的书中,好几次提到芜湖是在"越南不远的地方"——见鬼,越南和我家有什么关系?离"河南"不远还差不多。但是,你如果设身处地地想一想,这其实也是人之常情——我们去到北美、欧洲,不也是这样"串烧"自己每段旅途看到的景物吗?在很多人看来,拉斯维加斯也就是和纽约一趟航班的距离。

自从白羚安(Nancy Berliner)女士担任东方部的负责人以来,迪美美术馆就一直致力于搜集与20世纪中国有关的视觉文献,包括中国营造学社编纂的建筑相册。她还就此专门和当时正在波士顿求学的我聊过一次。道理非常简单:这地方本来就是上个五百年间北美沉积的"中国货"的富矿,而且本地的家族历史多少与此有关,他们中间的大多数人,也乐于向博物馆定向捐赠,帮博物馆扩充这种足以彰显其地方历史的收藏。中国影像当然相关——除了收藏中国物品,还得了解中国空间。

迪美的这批照片并非十分特殊。我翻阅的蛋白照片,一部分一眼就可以认出来,是1860年入侵中国的随军摄影记者,威尼斯人比托(Felice Beato)的著名作品中的一些。当然,馆方希望我们可以从中找到一些意外发现——这些照片,显然是比托和其他人后来用作了商业销售,它们已和别的东方照片混在一起,失去了学术界在乎的语境。就像我们那时候爱看"西洋景",他们则兜售"东洋景",无论卖家买家,往往把他们有兴趣的照片打乱重组,卷帙脱落,每个画面附加的线索最终凌乱了。就像现在深埋在智能手机里的影像,若非有拍摄日期、GPS双重确立的时、地标签,那些破碎的瞬间一旦拷贝到新的电脑里,就难再整理成一段完整的旅途了。

更不要说，图像的叠加并不是直观感受世界的方式，不可能自动恢复成立体的空间，由一张照片猜想出拍摄地点，揣测实地以及当时的感受，首先需要审视周遭景物，辨认出有特征的地标建筑，如果要还原更大场地的结构和空间，还得回到那个按下快门的具体的时刻里，复现拍摄当天的天气，了解摄影师使用的设备、技术、视角、取景方法，甚至还要判断摄影者的文化背景和拍摄意图。凑齐所有的因素，才能构成一张不可重复的照片。这就解释了，为什么看上去很相似的景物，在不同的镜头里往往变成了另外一个样子；倒过来说，就算看上去一模一样的异国风景，没准儿也是一种误会——就像第一次去外国的游客，觉得外国人长得都差不太多。

正是因为这个原因，外国摄影师标注出现错误并不新鲜，但这些错误，往往是对北京、广州、上海这些名城中具体地址的指认。在海外，我从来没有指望能撞见我那不那么有名的故乡，为了省掉解释的工夫，我向外国人介绍老家在哪里都简单地说"南京附近"，但是这次，我却在一堆海滨山田的影片里，意外地发现了一张错误地被标注为"广州"的芜湖照片。

我怀疑它是芜湖，首先是因为那座本地人熟悉的塔。塔是砖石结构的，六角五层，比现代的五层建筑稍高一点，在照片的画面正中，它坐落在一座依山而建的寺庙的中轴线最后，有一层被并不算矮的佛阁所遮没。塔身上各层的屋檐、椽子、斗拱、窗这些都是用砖砌成仿木构的式样，不仅塔体自下而上逐层收分，每层的"叠涩"上下是木建筑平坐和屋檐的意象，形成鲜明的双横线条和塔身变化

插图3　有塔的风景
图片来源：美国马萨诸塞州赛勒姆迪美美术馆藏摄影照片

的节奏——但这些都是专业"知识",极少有人爬这座塔,仅仅在照片上,我们是看不清塔上嵌造的佛像和其他纹饰的,更猜不透塔中的感受。只是芜湖八景之一的"赭塔晴岚"如此有名,当地很少有人不知道这座堪称地标的建筑物。何况它立基在地形高处,老城北面最大的山丘上,在甚少多层建筑物的往昔里,从远处就可以看得到它:北广济寺塔。

在缺乏显见的著名建筑的小城里,塔的形象无法回避,几乎成了城市历史最重要的化身——今天,也只有这些塔,还勉强算小城"看得见"的历史。芜湖一共有两座这样的塔,后面我们会说到,在江边的那一座似乎更有名一些,也更可见,始建的时间却稍晚,而且和佛教寺庙已没有什么绑定的关系。

"据说"——这本书大多数索引的历史都只能用"据说",因为最初的记载往往指向一个单独的、无法证实也无法证伪的源头。据说,在"赭山"的这座塔,始建于北宋治平二年(1065),风格与其他宋塔确实类似[1],暗示着广济寺的历史大概至少和塔一样久远。按照道宣《戒坛图经》[2]的范式,宋塔不像唐塔,后者曾经放在入寺门后的庭院中,来客会首先看到;那个时候,寺庙已经不再是以塔为中心的模式。但是作为专有样式的佛教建筑,塔依然意义重大,有塔,大半就有寺。尽管寺比塔更容易遭受一次次废坏之劫。

---

1. 与广济寺塔外观接近的宋塔例如甘肃庆阳肖金宋塔、宁县湘乐宋塔,广东南雄龙口村新龙塔、许村塔,等等。
2. 律宗高僧道宣,在唐乾封二年(667)于长安净业寺撰制《关中创立戒坛图经》(简称《戒坛图经》),改变了古印度佛寺建筑以佛塔为中心的格局。初传中国的佛教建筑多重佛塔,佛寺常为塔院;此后的中国佛寺、塔寺并存,前后佛殿,重重庭院,一部分塔建在佛殿后,形成"前殿后塔"的新格局。

"据说"的指针，于是又指向了相去不远的历史年代，由塔往西，"滴翠轩"号称是宋代诗人黄庭坚（1045—1105）的读书处，三十年后的绍圣元年（1094），他在出任宣州时曾在此小住。[1]确实，也就是在唐代，距黄庭坚三百多年之前，这座寺庙刚刚奠定了它的区域地位：一位新罗的王子金守忠（德号"金乔觉"），渡海到中国出家弘法，先在芜湖住持，后去九华山；金乔觉被视为大乘佛教四大菩萨之一的地藏应化，他开辟了一处新的知名佛教道场。在他身后，去往九华山的信众香客，必须在此事先停留，钤印唐肃宗至德二年[2]（757）赐予的金印。以我有限的知识而言，这座幸而流传至今的佛塔，是此地"眼见为实"的最古老城市物证，连接了之前我们不得而知的神话般的时代。很有可能，有传说，才有印，有寺、有塔，就连塔自己的兴建，也是创造神话的后果之一。

"眼见为实"——倒也不尽然，我虽千百次地见过这座塔的模样，但是并不清楚它的前生今世，更描述不出它的特别之处，因为"认得"和"记得"是两种不同的心理机制。眼前的历史照片上，宋塔的模样似曾相识，但让人吃惊的是，周遭的山峦上只有很少的树，记忆中，江南的青山不该是这个样子——后来问周围的老人，才明白山一度是遭了山火，后来山上的树木一直都不算茂密。这种解释也许说得过去，如果实在不明就里，山的名字，好像也可以为这种特色作证："赭山"——山石赭色，仿佛火烧过，但是奇怪的

---

1. 清代黄钺（1750—1841）质疑这种说法，因为黄庭坚那次转任宣州在芜湖只有很短的停留时间。
2. 文物中的唐肃宗至德二年（757）常记作至德二"载"，是因为天宝三年（744）唐玄宗改"年"为"载"，历经安史之乱，至肃宗至德三年（758）改回。这是中国历史纪年的一个特殊事例。因此这枚自称"至德二年"的金印可谓大有"讲究"，也许是不熟悉唐代内情的后人所为。

是，今天我们基本看不到什么裸露的山岩。[1]

当然，还有一种重要的因素不能不说，就是影像本身特有的，说透了，也并不一定"眼见为实"。蛋白照片工艺曝光时间较长，把一些细节压平，反差大，深的颜色更深，浅的不再可见，显得"万里无云"——"眼见为实"的错觉，往往使得专业的研究者也会先入为主。我唯恐闹了笑话，又在网上找到类似的塔的照片，反复比对。宋代砖塔的式样，和明清已经非常类似：它们大多是八角形的平面，尺度不再粗壮，比例匀细，虽然宋塔一部分还是砖、木混合，木结构朽坏，塔刹脱落之后，光秃秃的塔身，也就和后世一体化的砖塔没了大区别。非得走近看，能看出来明代以前的砖缝里还是黄色的胶泥，而明代砖塔很多看得到白色的石灰浆痕迹。[2]你只有像"找不同"的游戏一样，把两张照片的主要特征挨个对比，特别是关注那些发生残损的位置，才知道它们是不是同一个东西。

终于，所有的特点都对上了，主要不是式样，而是那些年久失修的部分，比如第三层西南侧券门右边有两处显著的缺损，和我手中的照片基本一致。大概率它们是同一座塔了。现在看这些蛋白照片，一方面保存完好依然清晰，物象的真实感和今天似乎零距离，一方面它又是这么"老"的照片了，对我这样熟悉它形象的人也是如此。它的老旧感，并不是一般意义上的发黄变色，像硝化纤维相

---

1. 芜湖当地传说中有一类和这种地质特色相关，因而尤其值得注意。比如"赤铸山"，相传春秋时干将在此设炉造剑，三年成雌雄二剑，其剑青光闪烁，锋利无比。《图经》云："干将淬剑于此。"至今山上仍存"淬剑池""砥剑石""铁门槛"等遗迹。虽然赭山的岩壁之色并非干将铸剑之火烧成，赭山之"赭"当与此有关，赭山西麓的"铁山"山名亦源于此。赭山公园的兴建则显著改变了荒山的景象。
2. 砖塔的仿木结构本身也是中国传统木构与外来影响混合的结果。

纸冲印的照片那样，而是指画面里隐伏着一种不同的世界，连带不同的观看世界的方法，时间坐标是至少一百年之前。

这种比对的过程启发了我。首先，历史城市——每一座城市都是一座"历史城市"——未必是有特征的，或者是以追求特异性的风格为无上目标的，至少就习惯因循的古代建筑风格来讲，"千塔一面"也就是"千城一面"，反倒是命里使然。只在这种被指定的风格和它变化的语境发生冲突的时候，我们才能发现它的卓然不群。这种冲突首先表现于自然力的改造过程——"风化"（weathering）[1]，是砖面上的裂痕和脱落，或者是塔顶上慢慢长出的草树；再者，我们印象中的自然，或者说透过城市的眼睛看到的风景，本来好像也是有某种鲜明特征的，但是事与愿违：除了黄山、桂林这些近代才变得有名的山水，除了少数比如像"杭州的那个"西湖，我们无法真的从"眼前的"无名风景锁定确定的地方，无论多少次地登临这座山。

话说回来，哪怕只有半个世纪，人力对于风景的改变也是巨大的，使得愿景中的古城不古。我在别的一些有关这座塔、这座山的照片上，也发现类似的变化，濯濯的童山变成一片葱茏的样子，树木不必仓皇地被砍伐来资薪炊，印证着友好对待自然的和平年代已经来临，而转头望去，在城市里拔地而起的那些高楼，实则已塑造出了另外一种更伟岸的"风景"了。

毕竟有所发现……我应该将这张迪美馆藏的照片重新标注为：

---

1. "风化"并不是英文中这个词准确的翻译。事实上自然力作用于建筑物既可以是做减法，也可以是做加法，体现在建筑表面所产生的沉积物（sediment）和原有外貌的湮没。

"有塔的风景，广济寺，安徽，芜湖"？——拍摄的具体年代，则希望可以从照片流通的过程得到进一步的确认。馆方会满意我的帮助吗？

工作繁忙的一天……我都没半小时时间去看一眼另外一件我熟悉的"收藏"，以前每次来，我都要去那儿转转。我想，迪美馆方或许对我刚才的发现会感到高兴？因为他们早已有了和安徽有关的镇馆之宝，"安徽"可以是"中国"进一步细分的标签，也可以意味着深一层次的混淆，比如《卧虎藏龙》里的徽州场景，一会又跳跃到"安吉竹林""武当山"……这种拼贴出来的图像，只要是"中国"，西方观众并不在乎实际在哪儿——至少安徽省内的人都知道，即使同样是在皖南，芜湖也并不等同于徽州。安徽实则是"安—徽"，后者现在恢复了更大的名声，我竟也乐于自居为这样的"安—徽"人了。

20世纪90年代中期，白羚安女士打听到安徽休宁黄村有一幢老房子将要出售，就动了帮美术馆"收藏"它的念头。和早些年把佛头从颈项上无情地取下的古董商不同，这次有了人类学家的帮助，他们不仅收藏了房子，还整个打包了这家人的记忆，把他们的生活日用品……乃至日记、账本、家谱……全都完好无缺地搬到了大洋彼岸再彼岸的新英格兰。"荫余堂"，这幢徽州住宅名字的本意，是庇佑子孙，现在好了，它整个儿地重新立在了大西洋东岸。但是这种努力也许并不虚掷，小城塞勒姆本来就有某种"中国基因"，暂时抛开我系于本民族的情感因素，安徽、新英格兰两地的命运，竟以某种看不见的方式联系在了一起。

让我惊叹的倒不完全是这座房子本身,而是这种业已改变的看待历史空间的眼光,跨越国境,融合古今。就像开发商所不遗余力宣扬的那样:家,一个原本十分私密的领域,在中国开发的大潮中早已经"博物馆化"(公共物品化)了,每一件摆设、每一处功用,都是商家盘算的对象,都是尽人皆知的价值;而这边,拘谨的博物馆又伪装成了一个空洞的"家",它假设着一种政治正确的"零距离"审美,试图让你用自己平凡的生活去置换另一种时空里的普通人生。可是,其间分明有一种隐隐的不适:要找回自己儿时的记忆,尽管一切看上去都那么熟悉,但一伸出手来,就需要特别的许可,不准拍照,还不能触摸任何东西。我忽然意识到:变化,不仅仅应验于我看到的改革以来的建设图景,较为深刻的改变发生的时间,应该远比这早;就算像平遥、大理那样的老城虽不拆迁,貌似不能动的老房子也已经像一艘大船,向着陌生镜头里的"楚门的世界",一路疾驶而去了,而他们的居民如同漂泊在海上,只顾着眼前的美景,对自己位置和角色的变化浑然不觉。

一样玩弄着智能手机的塞勒姆人,对眼前博物馆里的"中国"笃信不疑,我敢打赌,就和艾米莉一样,他们会觉得这里比我平常的家乡还要"中国"一些——至少"看起来如此"。无可否认的是,"荫余堂"整体到了这里,逃过拆卸零落的命运,免得在不相干的语境里装点新富人家,毕竟还是幸运的。尽管拿徽州的标准看,荫余堂不算什么十分富丽堂皇、设计精到的住宅样本,但它在这儿的每一根柱子都在大声说着:"我保存良好……"经过一轮拆卸运输,在美国新英格兰地区保有传统技艺的木匠手里重新拼装,日常物件经过了仔细的研究保养,才被小心地放在它们应该出现的位置——只是你刚想为看清楚凑得近些,就瞥到不远处博物馆保安一双同样在说话的眼睛,于是突然想起来,这并不是你所熟悉的徽州。

尽管如此,我还是应该先相信眼前,不必追求目前还不可知的"真相",或者轻信各种各样言之凿凿的传说。我相信,在荫余堂中看安徽老宅的某种不真实感,也是我们这个时代的真实。"真实"就像经历多个历史时期的敦煌壁画,是可以一层一层剥落下来的,每一层都并非截然作伪。这样,我至少就有了一种基于有限资料的研究方法,我们可以一步步倒退回去,从照片确凿标注的"广东"到事实上的广济寺塔,乃至于照片背后更多的东西。至于这种发现到底有什么价值,或者为什么一定要关心自己出生的地方,那时也要写论文的我并没有想通,有一点我大致明白,就是并没有当然的"真相"。我们暂时相信这种追索的意义,不过是基于"现代"人的某种共识——在未来,飞速流逝的"现代"也可能将成为一种有限选择中遴选出的历史,让人们皆大欢喜或者不无遗憾。

走出荫余堂,走在2月寒冷的大街上,走在高墙内徽州建筑的背面。我忽然产生出一个古怪的念头:塞勒姆的先人,像影片《荒野猎人》(*The Revenant*)里的小李子(Leonardo DiCaprio)所扮演的那一位,历尽艰险运输毛皮去中国换茶叶等等通货,即使不远万里,也未必看得到中国腹地的徽州民居。他们估计更从未想过,他们的子孙会在自己的故乡看到这种房子吧(居然还有一个安徽人,来帮助他们的博物馆重新"发现"安徽),这算他们辛辛苦苦做中国贸易的目标吗?通过卖给中国的北美货物累积的财富,然后再换取那个时候他们不大关心的"中国"物理存在的某种文化产品,两者同样稀奇。

那么，拍摄我"发现"的那张照片的外国人，当他在芜湖郊野的荒山上调整相机时，可否想到过，有一天它会变成艾米莉眼中的样子呢？

从河流上看见

大多数早期拜访芜湖的西方摄影者,看到的并不是赭山上的那座塔。我也不清楚那张照片到底是什么时间拍摄的,不过,我可以确定的是,他们之所以能够看到这座塔,应该是在一个特殊的历史时期以后,而且,这段历史,和另一座江上的宝塔有关。

很早以前载有西方人的船只就已经驶进了长江航道,他们只要沿着这条大河行驶,就必然看见岸上的芜湖,看见江岸边的那座明代的塔。其中我们所知的最著名的一位应该是纽霍夫(Jean Nieuhoff,1618—1671)。1655—1685年间,七省联盟荷兰共和国和荷兰东印度公司先后六次派出使团,试图以清廷许可的"朝贡"形式和北京发生接触。在第二次不大成功的尝试中,使团成员纽霍夫记录下了详细的中国行程,并将一部分的所见绘制成图画。返回荷兰后,他的旅行笔记由阿姆斯特丹的出版商凡·梅尔斯（J. de Meurs）于1665年出版——其中第一次提到了芜湖，拼写作"Ufu"[1]——这个地名的音节声调对于西方人来说有些过于生动。早期美国传教士，芜湖教区的主教一度提出将驻跸地由芜湖改为上游的安庆，原因是美国人觉得"Wuhu"的发音听起来像是个笑话。"……我不愿意管一个名字叫WOOHOO的教区……"[2]

但是外人对于长江港口的觊觎还要等到整整两百年后，这之间，长江依然是中国自己的内河，但并不是在日常的缧绁中讨生活的人的所爱——如我在本书的引言中所说的那样，传统的城市离江水还有一段距离，"逝者如斯夫"的变化的自然，和静如太古的城中是两个世界，只有贸易和战争才会热切地占据前者的舞台。即使在1840年的第一次鸦片战争中，英国军舰已经驶到南京城下，清政府也未充分意识到内河航运事关国家主权，并不理解英美等国要求长江航行权的真正用意。1858年，后来火烧圆明园的英军统帅额尔金（James Bruce）率领英军上溯至汉口，为强行开埠积极做侦察准备，两年后，清朝在战争中再度落败，自此，通过《汉口租界条约》，西方殖民者正式打开了由上海到武汉这一段的长江航运通道，也在沿江的几个口岸得以合法登陆。

这是芜湖初次"被看见"的前提。从这时起，至1876年《中英烟台条约》（又称《芝罘条约》《滇案条约》）的签订，长江之上变得异常繁忙。更不用说，沿着纽霍夫走过的路线，太平军由九江、安

---

1. Jean Nieuhoff, *The Embassy of the Dutch East India Company to the Emperor of China, or the Great Cam of Tartary*; Leiden, J. De Meurs, 1665, p130. 感谢罗浧为本书中的引文提供译文。
2. The Right Reverend Daniel Trumbull Huntington, "The Diocese of Anking," Church Missions Publishing, Hartford, 1943. 今日网络视频通俗文化中的配音用词"芜湖"的来源如出一辙。

庆、芜湖直下南京，1852—1863年间，与清廷在长江沿线征战不休，战乱给这一地区带来毁灭性的打击。同在江上来往的殖民主义侵略者，或者"西方人的炮舰"，没有很大兴趣介入中国内战，只是冷眼旁观，他们打量的对象也包括离南京南方不远的这座小城市。第二次鸦片战争时期任英国驻华领事的巴夏礼（Harry Parkes）在1861年游历了长江中下游区域，看到了如此惨烈的场面：

> 夜晚我们停泊在芜湖，它曾经是一座蔚为可观的城市，如今却是一片废墟了……
>
> ……芜湖，或是说它的废墟，离江一点五英里……归功于它出色的状况，芜湖一直是长江上首要的商埠之一。它曾经繁盛的县郊现在只能根据瓦砾堆来推断了，城市差不多也是如此。城门和城墙都消失了，只是在通往乡下的城南面，有几条零落的街道依然作为市场，服务着一小群困苦的民众。我们看到的仅有的人群，是三三两两脚步蹒跚从乡下来的人……乞丐不计其数，我们注意到他们很多人都在街道上躺着，处在很糟一穷二白的状况中……[1]

1876年，清政府因为云南的"马嘉理案"，不得不与英国在烟

---

[1] Stanley Lane-Poole, *The Life of Sir Harry Parkes: Consul in China*, Macmillan & Co., 1894, p.423. 着重号为作者所加。巴夏礼是1860年第二次鸦片战争中的关键人物之一，他观察到中国人在长江上的内战态势，指出"……尽管起义军对该省的控制一直到达离河很近的地方，但是他们似乎对河岸并不在意，因此河上的大部分地区都归帝国政府统治……与我们的很多观念背道而驰"。参见中文版《巴夏礼在中国》，广西师范大学出版社，2008年，第276—277页。

台签订不平等条约,最终也为西方人打通了合法上岸芜湖的道路:

> 一八七六年九月十三日,光绪二年七月二十六日,烟台。
>
> 大清钦差便宜行事大臣文华殿大学士直隶总督一等肃毅伯李;大英钦差驻华便宜行事大臣勋赐二等宝星威;
>
> 为会议条款事,现在本大臣等会商一切……随由中国议准于湖北宜昌、安徽芜湖、浙江温州、广西北海四处添开通商口岸,作为领事官驻扎处所……[1]

这次的不平等条约,把长江沿线通商的上限推至重庆,更声言了英国在中国腹地的特权。对于芜湖而言,重大的意义是它从此一变而为"世界"所知了。《中英烟台条约》里重申:"……沿海、沿江、沿河及陆路各处不通商口岸,皆属内地。"这个"内地"和我们现在说的"内地"有所不同,在这里,"内地"完全是以习惯海洋旅行的外乡人的视角来定义的。对于他们而言,只要武力所及而对手不敌的地方,都是航程范围,只要能够通行无阻的城市,不论多么深入大陆国家的心脏,都不算"内地"。

是的,既然不再是"内地",芜湖"被看见"就概属寻常了。

我的面前此刻就放着这么一张创造历史的照片。虽然类似的照片不胜枚举,但是这张照片有较为明确的纪年和出处,正是《中英烟台条约》签订后不到十年,看得到江岸已经有了很大的变化。比

---

[1] 引文来自《中英烟台条约》。

起纽霍夫不无夸张的芜湖印象，西方摄影师新的记录方式的关键是——真实。[1]

照片的水平线倾斜了，即使没有注释，也看得出来是在长江中行驶的船只上拍摄的。开埠之后不久，即由美国传教士由大江里向岸上拍下的这张照片，或许是在波涛之中倾斜了自己的水平线，但是却无比真实地传达出了那个时代的气息。画面中最触目的正是我们关注的建筑样式——中江塔。坐落在青弋江和长江交汇处的这座明代宝塔，风格比赭山上广济寺要朴素得多。它今天还在原来的位置，是我赖以辨认此处历史延续性的最主要的标识。除此之外，照片里的一切就真切得反而使人陌生了。

首先是一派"自然"：江滩荒寂，就仿佛农村的圩场，即使是在约140年之前，那座塔也已经尽显颓唐的模样了，塔顶上长出了郁郁的草树。衬着人造结构，镜头里近处的江水，呈现出比马远《水图》中还多的细节：靠近岸边的地方，波平如镜，水位较浅，实际是内河河道的一部分，往大江中来，近处的波纹仿佛大水漫过浅滩，看上去好似江边另有一个湖泊[2]，在中景中的某处，稍稍"跌落"为不为人注意的梯级。这已绝非传统画家的笔意了，它准确地揭示出摄影者所在的位置和周遭的地理：就在青弋江汇入长江的河口，有一座"关门洲"，至今犹存，只有在枯水期才会露出水面，在照片

---

1. 约1885年芜湖的滨江景象。丁因·戈达尔（Dean Goddard）1870—1903年间在浙江宁波传教的美国浸信会士的档案，原题"长江上的中国安徽芜湖，约1885年摄"（"Wuhu from the Yangtze River, Wuhu", Anhui, China, ca. 1885），原题描述"长江岸上远处可见芜湖城"。照片尺寸8厘米×10.5厘米，南加州大学国际传教摄影档案，编号impa-m14355，文件名IMP-YDS-RG 008-081-0001-0015。
2. 这个在江中沙洲和江岸边形成的小"湖泊"，或许就是当地人所说的历史上的"盆塘"。

插图 4　约 1885 年芜湖的滨江景象

图片来源：耶鲁大学 International Mission Photography Archive，原题描述"长江岸上远处可见芜湖城"

中它处于看不见的水下。

"关门",这处暗滩提示了此处对于城市的意义,就像威尼斯圣马可广场岸边的一对石柱的意象。过去的商船出入大河,风俗是将铜钱撒进长江以求平安——民谣说"芜湖关门洲,芜湖赚钱芜湖丢"。这片未直接出现在照片中的水底沙洲,同时收纳了淤积的泥沙和财富,和那座可以"镇河妖"的宝塔一样,它是古人心目中水文动力学的某种零件,也是有关那些急于走出"内地",到大江大海去的人的人情的。

更让人不安的,还是出乎意料的古代城市面貌的"真实":天呐,"劫持"着那座塔的,左和右,分明是巍然耸立的西式房屋……我从来没有想到过。不再是中国的水岸风景了。依稀环绕着券廊的二层华厦,在当时英国海外殖民地的港口比比皆是,尺度像是彪形大汉,隔绝了再外围的那些白色的小个儿中式房屋。继续往画面的右边去,青弋江口的南面,就断然是巨硕的现代建筑了。伸向江中的步道,揭示了那些连廊、仓库、烟囱……的用途,但凡西式建筑面对的江岸都秩序井然,整饬的草坡承接着人工的铺砌,和画面左方凌乱的中式建筑加荒滩形成映照,从加尔各答、海得拉巴、吉大港到广州、宁波、万县(今万州区)、汉口,现在都不乏这样的"现代化"的水滨。画面中央目光所及的,是些挤在内河河道里的帆樯,密密麻麻——塔的南边,神气活现的江中大码头,是与海关对应的"常关"[1],解释了这些小船存在的必要,此处过去还有一条"大关街"。

---

1. "常关"是始于明代的征收通过税的机构,清末五口通商后,区别于外人进入"内地"的"海关",改称"常关"。

再往里去,理当出场的主角,真正的芜湖"城"已经看不见了,它隐没在似乎雾气霭霭的河湾中。

"租界"这个今天听来有点洋气的名字,对于近代中国历史而言却是五味杂陈。1877年虽然已经签约,但是芜湖口岸并没有那么容易向外人"开放",理论上的"租界",并未像另一些"大码头"如上海、汉口那样迅速发展。1882年,英商怡和洋行试图取得一块被当地木商占据的滩地,却久未成功,在抵制外来者的风潮中更发生了震动华东的"芜湖教案"。迟至1901年,随着清政府的再一次全面战败,中外交涉的态势有了转机,时任芜湖关道吴景祺在英国使馆的压力下,会商英国驻芜湖领事柯韪良(William Pollock Ker)和美、俄、法、日等国,于次年拟定《芜湖通商租界章程草稿》,1904年正式签订《芜湖各国公共租界章程》。这一刻江岸才全面转为"现代化"的水滨——却是外人的水滨。

在这期间一定发生了很多的事情,才有我们在放大镜下能看到的江岸的那些变化。原本是荒滩的江畔,现在有了整个城市最"先进"的建筑样式,也有了最不在乎"和谐"的"发展"的热气儿。中式建筑的瓦屋面上露出了老虎窗,建筑立面打扮成徽州山墙的式样,入口却并不含蓄。除了米商、布商、丝商,到此履职的官员,还有乞讨者、船家,加上老爷们习惯差使的中国苦力。那座写着"荣戟遥临"的古风牌楼,迎来的应该是一批从未见过的客人,他们是海关职员、蓝眼睛高鼻梁的洋大人、令人神经紧张的传教士,甚至荷枪实弹的外国水兵……民族资本裹挟在这变化的风景中,在大多数中江塔下码头的近照中,有酒楼、商肆,还有一座惹人注目的中式建筑,依稀是今天也时髦的徽州风格,建筑入口处的三个字,如果看清了,是"救生局"——那是李鸿章的公子李经方创办的,在他老子与洋人换约之后,他的家族因势而变,在芜湖投资买下大笔地产,甚至举家迁来此处,于是有了华洋杂处的江畔。

照片是真实的,但是又不大真实,有点像异国博物馆的徽州住宅——是的,因为我们很少从这个角度来看自己的城市。印象中,我只有两三次是坐轮船从江上打量芜湖城,在上下船跨越舷桥的慌乱中,根本顾不上欣赏岸上的风景,也不觉得乱糟糟的码头多么有趣。大多数时候,"我们"的位置应该是在画面"其中",是在那河港深处雾气蒙蒙的内部,而不是镜头一侧风涛涌动的"这边"。

更不用说,水边的物理学本带着文化的感性,需要在具体的时空中亲临现场。比如,以"神圣之河"著称的恒河,它的特点如果不置身其中是不能充分体会的——到处都是触目惊心的"脏",它是每天都在发生的生与死的交际,这一切仅仅靠柔和的影调、和谐的构图是否可以传达?南方的河流和北方的河流是否有着湿度、气味、色泽、氤氲的差别?很多年过去了,我还记得外婆背起我赶船的情形,一二月份的寒雨,让江边踉跄的行人无处可逃,那时泥泞的街道,比照片中的荒滩好不到哪儿去,我们风一程雨一程地在大街上奔波着,和水坑、泥潭、车流……做着"搏斗"。这一切,如今也被纳入了棕黄色且模糊的影调,成为新一代人无法感同身受的历史——人,是否可以两次踏入同一条河流?

真正的芜湖城在镜头所看不到的地方,在指天帆樯的后方,它拖后的位置对得上旧日中国城市对待自然的态度,对它而言,靠近惊涛骇浪的大水边的荒滩,最多只能是赌"运气"的罗盘,不适合追求安稳的家宅——但来了就走的冒险家不在乎,殖民者对于芜湖的观察，带有一种单向的东方主义意绪，富于"可意象性"或"如画"的"城市景观"，常常意味着观察者对于被观察对象的缺乏了解，这种状况导致被观看者要么过分美化，要么被蓄意错解为消极的、一成不变的或是"落后"的。就算有那座塔，也就是一个过时和破落的古代的象征，与周遭的关键词"发展"格格不入。或许，那也就是E.M.福斯特的小说里，那个从英帝国领地上归来的傲慢欧洲人所感受到的，"威尼斯的建筑就像克里特岛的山脉和埃及的田野，屹立在适宜的位置上，"可是，一旦到了贫穷的印度，却是"每一件东西都放错了地方……"[1]

  对一个成长于本地的人而言，它有点像是从镜子里看到了自己——而且是小时候的自己，我知道，摄影画面再往左一点点，就会看到我所成长的街区……这种回顾意义重大，它让我们意识到，自我意识正是在"别人"的打量中，或者是站在"别人"的位置上打量自己，从而获得圆满的。某种意义上，今天的城市发展正是夺过"别人"的镜子"照镜子"之后的产物——在两种不同的文明撞击之后，首先是对方带来的观察城市的方式，让我们意识到了那种反身观察中的形象的尴尬。胡素馨（Sarah E. Fraser）[2]指出，早期殖民者到达中国后，一种典型的摄影模式就是此类"初次遭遇"（first encounter）式的，在此语境下中国的古老城市往往是作为一个整体而从外部呈现，它整个儿成为观察者的对立面，通常在画面中显得活动全无，人烟稀寥，它的时间已经静止或者停滞，看上去更像是

---

1. E.M.福斯特，《印度之行》，译林出版社，2013年。
2. 胡素馨，生于美国，1987年至1996年，她在加州大学伯克利分校师从高居翰先生，主攻中国古代绘画及佛教美术，并获得博士学位。现为海德堡大学东亚艺术史研究所所长。

破败的乡村。[1]"城"作为文明的堡垒从外面被打破，只有基本的物质生产和交换活动（例如"市"）的痕迹还残存着，而且通常也只有作为远远的风景才让人接受。

我们跟随着胡素馨的镜头打量着我们的过去，最终，我们又回到了一个未确定的视角里，还是关于照片本身的：诗意被翻新了，这还是中国山河的老模样吗？或者，变成了仅仅是有些地方风味的西洋"景观"吗？

重要的是，一个当代中国人也正是从两种对立的角度打量着同一条河流的：今天，他既是在本地过活了多年的静观者，断然又是一个看稀奇的异乡人了——中国古人早就意识到，河流再也不是最初的那一条了，代价是，我们算是紧紧跟上了"变化"的航船，时而晕船。

"变化"的一个重要后果，是变化造就了此类历史摄影的意义——时代前行了，画面中的水面却静止了，从时光之流中剥离出的一刻，不再是连续时间中可以辨识的有意味的一帧，而是孤立的、和前后情境可能毫无关涉的片段（或用罗兰·巴特的话来说，一个 punctum）。这种片段不仅仅意味着"此谓"（this is），也是"此将为"（this will be）和"此将为逝"（this will have been）。[2] 我们看到这些照片，才第一次确认了我们此刻所处在的历史时间，直白一点

---

1. Sarah Fraser, "Chinese as Subject Photographic Genres in the Nineteenth Century," in Frances Terpak and Jeff Cody, eds. *Brush & Shutter: Early Photography in China,* Getty Publications, Hong Kong University Press, 2011, pp. 90–109.
2. Barthes, Roland. *Camera Lucida,* The Noonday Press, 1981, p. 89. 罗兰·巴特认为，摄影有别于电影之处在于它不是一条"河流"，在电影中，"影像如流，泉涌般地流淌向其他的影像""影像的意旨一直都在漂移"，而在摄影中，"影像已经饱满甚至拥塞：再无余地，增一分已太多"。

说,"我们看见了,才有了历史"。

现在历史不是笼统的"自从盘古开天地"了,它必须有一个确定的起点,首先,它的模样得明白无误。而且,我们不可能再回到这个起点,就像我们和那照片里的城市只能是隔河相望。

看不见的城市

相对于这种"看见"的是"看不见"。前者有相对的视线,画面中的一切无可逃遁;另外一种,则是关于现实中无法描述的缺失,不管是建筑、街道还是城市。

如前所述,20世纪90年代中期,芜湖市有关部门发起了一次声势浩大的江滨美化运动,陆续拆掉了沿江地带的棚户区。既包括我住过的石头路—临江巷区域,也包括依托内河航运发展起来,与青弋江平行的"十里长街"。他们毁去的不仅是一幢建筑,还有它附着的整片整片的都市肌理。从此,我就无法再经由这条路线,去潜入我的记忆了——我发现,记忆的底片是什么样子,本身也未经"曝光"。

可能大家觉得,照相就应该去照相馆背对着景观幕布。说来难以置信,那么多年,似乎没有人拍过旧家院子的照片,我简直连一点视觉的线索都没有……仅仅记得，这座院子的主楼有几个欧式的柱头，明显是西式建筑中才会出现的外廊，法式栏杆；记得一楼的举高相当高，进来过厅之后，屏风墙后面有宽大的旋转楼梯，我们几家分住过的是主楼两旁的东西厢房，也有上好的木头地板，各自独立的中厅。在过去，有条件这样讲究的，一定是类似于买办之类的人，因为一墙之隔，就是尺度和生存条件局促的贫民窟了。

我并不能画出这幢建筑的准确式样，但奇怪的是，我又十分清楚建筑的尺度和结构的每一点细节，更不用说，我闭着眼也知道该如何抵达这幢建筑。从我记事起，我就熟悉了南北向的吉和街中段的一个入口，那是去往同样南北向的石头路的一条东西向通道——宿松巷。踏入青石板路，往左也就是向南分出来一条支路，就是我们的这条小巷了；吉和街西，站着气味独特的红星酱坊，它后面的院子是小巷的左边，右边则是宿松巷的后部，随着左右围墙走向的变化，临江巷的宽度并不统一，最宽也就两米不到，勉强也算是一条正道，如非历史成形，根本不可能出现在当代合规的城市设计中。

穿过这个暧昧的通路，就到了大体U字形建筑的东北角，外婆家住在东翼厢房二楼的北端。要么你由东北部的"过厅"——那里还有一口公用的水井——由东翼南头的楼梯直接上二楼，要么你就得走到主入口阴暗的背后，从那里穿过一座二层骑楼，一个小小的出口会把你带到一条因碎石路面得名的石头路，除了吉和街，它就是这个区域最主要的南北向道路了。

每个人都应该是这样，小时候走过的路记得分外清楚。前面说过，李克农一个世纪前就在隔壁走过。当他走过长征的草地，走过西安事变的现场，走过延安和北平，最后又走回马家巷1号之前，也会在脑海中推演这样一条不算复杂的路径吧？

如果还有年代连贯的地图，我们大概可以推理出来这一地区演变的历史，轻而易举，就像在设计学院学习的第一年，我曾经也推导过塞勒姆小镇上中心广场的来历一样。在那儿，曾经有个前街（Front Street），后来我发现，这个"前"原来指的竟是"海滨"（seafront）的"前"。我家的地址叫作临江巷，那么，有没有可能，以前它真的是临着大江的滩涂，而房子更西的部分都是向江中扩展出来的呢？

我家的院子朝南，所以它断然不是像我熟悉的那样，是从楼北的巷子，从东边，从后面绕进去的，在它的前方南面，应该还有过一道围墙，一处更显著的入口。那个入口就通往李克农家居住的"马家巷"，两家门前共同的巷子通往不远处的大江。可是，为什么事实又不是这样呢？记忆中我们并不直接"临江"。巷子往西尽头，南北向、平行江岸的"石头路"迤西，并不能看见江岸，在我小时，那里已经有了一个成型的街区，是大片的工厂和房屋——它们才是真正的向西"临江"。按照常理猜想，更早建设城市的时候，不是不应该挑在这么靠近水面的地方吗？不仅如此，"石头路"西侧还存在过一条街道，叫做"沿河街"——奇怪，除了近在咫尺的长江，还有什么额外的"河"可以濒临呢？

当然，上述的这种推理能力和描述方式，是后来学了建筑城市专业才有的，而且南方人也不大分东西南北，我靠的是一种长年积累起来的直觉，加上职业训练。

我一直试图定位我家的旧址，搜集了不下十余种民国时期的地

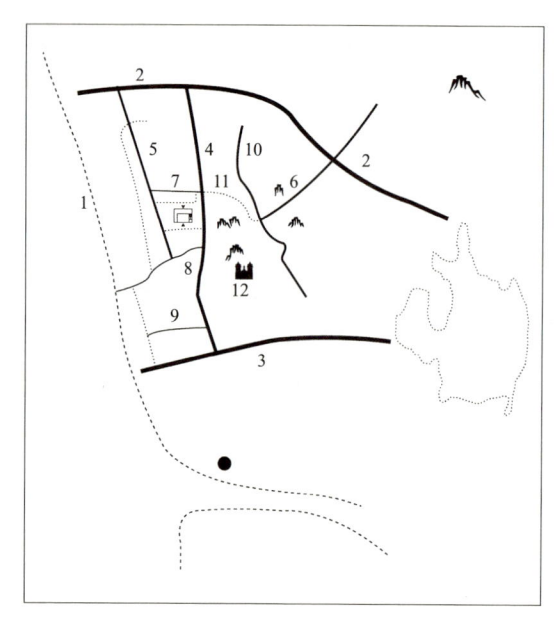

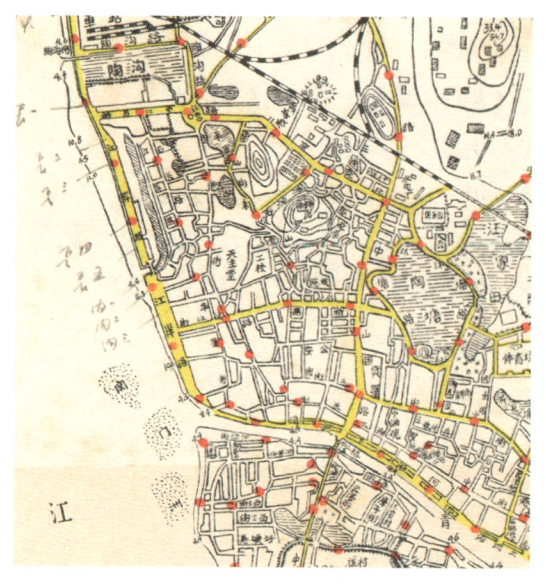

插图5 临江巷记忆地图，根据作者回忆并参照多份地图重新绘制

1 长江岸线
2 从江边一路延伸至新的街市中心的北京路
3 新芜路：童年活动的南限
4 吉和街
5 石头路
6 冰冻街
7 宿松巷
8 通向长江边的无名街道
9 迎江街
10 青山街
11 上中学时每天经过的小街

并非每条记忆中的街道都能那么准确地复归原位，记忆地图和真正的地图（插图6）有很多不一致之处。1 所代表的自然山水的轮廓是处于时刻变动中的，2、3、4 构成了我童年生活的主要物理区间。在 5 和长江之间，还有一条不易为人察觉的内河，它至少在"沿河街"的地名上留下了些许痕迹。5、6、7 都是属于笔直的现代街道。然而，4、5、7、8 共同界定的那个街块，也就是我曾经居住过的临江巷所在的地方，则依然是一个谜团。

插图6 滨江部分的城市街道构成，芜湖市搬运公司绘制，《芜湖市区运输里程图》，未具年，从新旧地名交错的情况看，本图可能绘制于1949年后的某个时期。

图片来源：作者收藏

图之后，我发现，没有一幅地图上绘有"临江巷"，至多有"宿松巷"和"石头路"。一种情况，就是地图的比例尺太小了，没有可能容纳这样的细节，还有另外一种情况，这个区域的确是随着商港的新兴逐渐填满的，狭小的"临江巷"，不过是这个过程中出现的"隙地"，周围的房子也没有什么像样的设计，建筑和建筑挨得太近，我印象中就没有看到过建筑的"立面"。以至于1949年后住区蓬勃发展，居住密度进一步提高，大院搭建成大杂院，浮现出更多无厘头的城市要素，可能又是另一种"现代化"的历史了，地名的含义和地名最初的空间，未必有什么准确的对应。

当然，找到这个区域更准确图像资料的念头，我也从没有断绝过。我们的院子会不会是一幢知名的建筑，有希望在近代历史建筑的名录中得以保存？我迄今还没有看到过这样的记录。黯淡的希望，却随着一张互联网上出现的航拍照片变得高涨。那是一张标有美国《生活》杂志logo的照片，某些出处表明它是1946年拍摄，照片上，看得见芜湖江滨城区的大多数街区的轮廓，深深的街道犹如犁沟一样，你很容易就找得到英国领事署和海关税务司占据的江畔制高点，看得见我小学后面的牛奶山（后来我知道，它更好听的名字应该叫鹤儿山），看得见更南雨耕山山坡西麓高大的天主教堂——它的规模在华东地区仅次于上海徐家汇教堂。更重要的是，摄影画面也覆盖了我家居住的那片区域，照片足够大，以至于网上不清晰的版本里，都看得见建筑单体自成的颗粒，区分得出一幢一幢的房屋。在俯瞰的上帝视角下，原来不甚可见的建筑和街道都现形了。

哪一"粒"是我曾经住过的房子呢？

那么，查找《生活》杂志，没准就能找到这张照片由谁拍摄，甚至追踪到它的高清版本。中国摄影出版人不也就是这样，找到了"二战"时期美军在中国的重要影像记录，甚至追踪到了某个建筑前微笑孩子的现况？令人失望的是，我查遍了1945—1949年间所有的《生活》杂志，也没有这张照片的记录。[1]暂时放弃的我，只能做类似于丢失了淘宝地图之后的自我安慰，也许，一旦看到了真的那幢房子，也许，我现在的刁钻口味会让自己失望的；也许，那幢房子可能真的只是不太有价值的"民国建筑"中的一幢，以至于我市政府在20世纪90年代中期拆迁时竟顺利说服了文物保护部门。

从此，再走过汉口老租界这样的地方，这样的念头就会油然而生：幸亏没有照片，我才可以相信，我以前也住在这样有故事的房子里的，并且这个念头得以长存……钱锺书在《围城》中说过，日本人炸毁了方鸿渐老家的镇子，让平地多了很多本不存在的富户。也许，我的心态与此类似：如果只是记得而不可得见，便是一种记忆的富藏。也许，在城建档案馆中真的找到与此有关的照片时，一切反倒是不够精彩了。

由于可以理解的原因，我们无法查阅相应的官方档案，那么，我们也许可以向普通人征集，征集他们曾经有的"老照片"，你就可以看见有具体人的城市。本地的房地产公司曾经举办过一个类似

---

1. 1937—1945年芜湖被日本侵略军占领，所以最有可能的拍摄时间应该在1945年之后，现存航拍北京、西安等城市的影像也来自那个时期。《芜湖城镇变迁史话》（芜湖市地方志办公室编，黄山书社，2013年）一书选用无水印的此照片并注明"1946年的芜湖航拍片"，经查1946年《生活》纸质版杂志中无此照片。

插图7　图中可以清晰地看到新旧两种城市发展逻辑的分界线，新的单体建筑巨硕，旧的城区细碎，中西不同建筑物的"颗粒"大小对比鲜明。图中右半部最显眼的是大"颗粒"的天主堂及领事署等近代建筑。图的右上角，可以看到一片空地，是由徽州—临江府商人的传统势力范围发展来的江边仓库地，逼近我儿时住过的"临江巷"。（网络照片，疑源自美国《生活》杂志）

的活动，结果正是如同上面预言的那样差强人意：大量影像质量良莠不齐的老照片中，大多数是在照相馆拍摄的，一些即使看清了也说明不了什么问题。城里城外的风景，如果远看只是千篇一律的风景，老照片说明里一味强调的"商业繁盛""市街熙攘"，也只能说明此地真正的文化积淀还未成形，不足以形成一个充分有意义的城市核心。就像大多数江滩边照片呈现出的驳杂画面一样，它们只是提示出星星点点的"新"，湮没在无序发展的这样那样的人气里。

在《美国与中国》中，费正清提到，美国向外扩张的三股势力分别是商人、海军武官和传教士。对于中国的新城市而言，不同势力证明自己的物质手段可能就是同一种：完全舶来的宗教教义固然让本地人感到莫测高深，最终，它还是通过更直观的东西，比如教堂建筑来说服世人；在此登陆的外国人带来的，不纯然是武力和强权，也有实业和空间，通过暴露两种不同营造传统之间的差异，他们试图让中国人领略不一样的物质文明：

> 芜湖商务局总办许观察遣人运到红砂石，将路铺垫一俟功竣，拟建造市亭二所，一在吉祥寺左，一在广仁局前，凡有设摊售食物者，责令一律移至亭中，盖仿沪上菜市街也。[1]

传统中国城市并没有对它的街区一视同仁。就在1860年，占据北京城的英法侵略者发现，即使是首都北京的顺城街也是未经铺砌的，讲究的建筑材料首先供给礼制建筑和官府衙署，而绝不会是市

---

1. "纪芜湖市亭"，《选报》，1902年，第34期。

场和货栈。这就解释了为什么传教士看到的江滩都是"裸露"着的。吉祥寺、广仁局正在江边，新建的租界市街正好相反，它一旦发展，兴建的首先就是马路和公共设施，对于当时的民众这也属于新鲜事物。新获取的租界土地东西二至，本是沿着江岸平行铺砌的南北向"后马路"，加上沿着江岸的"纤路"限定的，北边的弋矶山和陶沟，则限定了租界的南北范围，在此基础上从南至北是一马路、二马路……五马路，这种秩序和当时的纽约、巴塞罗那……按字母、数字分别街区的方式并无分别。当然，北京也有东四一条、二条、三条……但是现代规划重视的，首先是道路明定的城市结构，乃至经济和法律的基础设施（infrastructure），即使有的街区还荒无人烟。所有的街道在预设上一视同仁，道路的"线"决定了街区的"面"；而传统的城市并无公共和私人的严格区别，在那里，"线"同样也分割了"面"，但"线""面"无关，"线"自身的形态和质量并没有真正的保障。

不过，新式的马路本身并不"上相"，它的怡和洋行、太古洋行……的主人，似乎也不在乎路两边的形象。在那些过于实用的片区，要么仓库和仓库离得太开，要么贫民窟里没有插脚的缝隙，连相机都难以取景，只留下模糊的印象——它们只是确立了一种新的空间和空间的关系，这种关系最终可以导致特定的新图像。

比如，迄今留存的几座离我家近的近代建筑，身姿里颇有些"文化"的韵味，都是危踞在高高的山顶上分外醒目，这种不寻常的建筑地址，以前只有广济寺这样的特别机构才感兴趣。例如，1877年建成的英国领事署，1905年前建成的海关税务司署，1909年建成的海关税务司职员宿舍，是在海拔36米高的范罗山上；1887年加建的英国驻芜领事署官邸，在海拔22.8米高的雨耕山上，半个世纪后，那儿还有内思高级工业职业学校教学楼，由西班牙传教士主持新建。它们是学了当时已慢慢走向时尚的"花园城市"？要做到舒适、"如画"（picturesque）呢？还是为了在不期而来的暴乱中方便防御？都不用走进去看，这些不算小的建筑物，在高高山顶上，显著地改变了芜湖人熟悉的日常风景。对于仅有微小丘陵的此地而言，哪怕从西方人习惯所说的"地面"零标高算起，洋人建筑尺度依然可观，英国领事署14.4米，海关税务司署12.9米，海关税务司职员宿舍13.6米，面阔进深尺度都是20米以上或者接近20米，对于仅有它们不到三倍高的小山而言，这显然不是赭山（海拔86米）与广济寺塔（20.8米）的风景——建筑之比例了。[1]

或是木桁架的屋面，配上整齐的机制红瓦，或是清水砖墙、石材线脚，围绕着踩上去吱吱作响的雅静券廊；这些建筑的室内，有着当时城市居民难以想象的良好采光，润泽平滑的水磨石地面或是木头地坪。直到不久前市委机关从这里迁走，很少有人能够接近这些神秘的建筑看个究竟。

但是，要真的和汉口、上海、天津，甚至重庆、厦门、广州……比起来，芜湖的近代建筑并非那么惹人注目。而且，我总是在想一个问题，那些被我们认为是城市遗产一部分的西式建筑，在它们各自母国的语境中，到底算是几流的设计作品呢？和山下的仓库、工场、办公室……比起来，它们顶多只有更加讲究的材料，稍事装

---

[1] 葛立三，《近代建筑详情及数据依据》，《芜湖近代城市与建筑》，安徽师范大学出版社，2019年，第63—79页。

插图 8　近代建筑与芜湖固有山水地形的对比，画面右边的英国领事署俯瞰着画面左边的旧城
图片来源：芜湖市文物局编，《芜湖旧影甲子流光》，2016 年

饰的门面，更大的意义不是缔造了经典的西方建筑，而是在传统的中国小城市里呈现了另一种尺度和形象，石破天惊。令人汗颜的是，直到今天，它们最起码的设计品质，也还是这座城市里难以割舍的标尺，轻易改造，就成了一个新的文化产业园区，或者变成带动新经济运行的建筑遗产，最终，贴在这些建筑上见证中外不平等关系的历史标签淡化，它们都已成为全国或者安徽省文物保护单位了。[1]

在类似的口岸城市，中国建筑近代化的实验是自发地进行的，从新的建筑材料的引入，到不同的建筑空间为传统城市带来的新形象。比如，徽州民居的马头墙样式，那时就成为想要折中"土""洋"的西方或者中国建筑师的选择，一如前述，不管是在江边建起的码头建筑，还是雨耕山上的教会学校，纷纷将这种比较容易和西式室内空间协调的山墙面做主立面，乃至正入口所在。直到今天，这依然是困扰着现代建筑设计师的一个问题，就是传统的建筑文化强调的本是"看不见"，因此有了比庭院还高大的山墙，有了深藏在山墙后才敞亮的庭院；但现代的单体建筑既大又深，为了采光和通风的缘故，就不能不在墙上多开窗——除了实用的原因，西方的城市本是更加外向的，就算是"隐居"在山顶，不向周围环境开敞，没有几分"公共"，建筑又何必建在城市里呢？

近代城市如芜湖的西方痕迹是十分显著的，可是在不远处，普通中国人的生活却没有那么高的分辨率了，大部分的小巷的尺度，并不比临江巷更宽裕。除了吵吵嚷嚷的市场，传统的中国城市难道

---

[1] 广济寺塔在1981年入选省级重点文物保护单位，1996—1997年重修后，2019年10月被国务院核定为第八批全国重点文物保护单位。而此前的2013年3月，芜湖天主堂、英驻芜领事署旧址、圣雅各中学旧址等已经作为近现代重要史迹及代表性建筑入选全国重点文物保护单位。

就真的什么都"看不见"吗？这将是我们下面要讨论的更古老的话题，"看不见的城市"的话题，仅仅靠狭义的图像概念是解释不清楚的——因为"看见"不仅仅是视觉再现的问题，而是有关于城市确立自身意义的基础。然而，即使在眼前的照片里，答案也已经初露端倪了，不是简单的风景画，即使是现代的"城市风景照片"也会把城市解释成真正的"风景"，化嘈杂为诗意。它延续了一种古老的中国传统。[1]

除了不见人迹的山水鸟瞰，风景也可能是现代城市的真切一部分。虽然"半城山半城水"并非全是美谀，但是使得野趣变成公园，让有着广济寺塔的赭山那样的荒山变得能够欣赏，肯定发生在比较晚近的开埠之后，直到半个世纪之后这种风景的转换，才随着城市本身的格局逐渐落定。一种既已有之，有能力把自然当作鉴赏对象的人们，对"江山胜迹"不乏爱好，诗情画意，却是多存在于文人世界里的想象；另外一种，则是属于新的美好世界，确实一部分落在现实里了，但同样重要的是在镜头里也对人民大众成立。在近代芜湖，最引人瞩目的这类例子可能是"李鸿章公园"——它原名"陶塘"，据说这和前贤对陶渊明的景仰有关。[2]在近代的芜湖，是强有力的赞助人——不是大文人，甚至也不是城市当局来推动这项表面无利可图的事业的：来芜湖经营的李鸿章大公子李经方，曾在湖泊

---

1. 至少在宋代开始，"八景"就成为一个地方赖以确立其身份的艺术手段。以美国人姜斐德（Alfreda Murck）为代表的一批学者认为，"八景图式"中也可能隐藏着某种地方和中央政治关系的图解。参见姜斐德，"画可以怨否？"《潇湘八景》与北宋谪迁诗画，《台湾大学美术史研究集刊》，1997年第4期。
2. 芜湖市地名委员会编，《芜湖地名录》，1985年，第195页。

插图 9　侵华日军画册中的芜湖公园
图片来源：大正写真工艺所，《中支之展望》，1938 年

周边投资兴建了多处以"花园"名世的景点。

湖边的建筑略显拥挤,但仍显示出和实用的江边不一样的趣味,闲适:

> 这个公园有个宽阔的水池,以水为背景,妙趣盎然,美丽如画。池中有茶亭和饮食店。夏天有画舫航行,深受纳凉者的欢迎。绿柳随风摇逸,轻抚水面。是市民们绝佳的休闲之所。[1]

可是,如果你能看到画面之外的另一些东西,这种印象就会变得可疑。茅草顶的简易凉亭,不仅是垂钓者享受的地方,类似的构筑物,也是当时许多贫民赖以栖身的标准住宅式样。这里所举的城市风景,其实是侵略中国的"派遣军"拍摄下的。似乎他们有着更强烈的动机,将占领未稳狼烟四起的土地美化成另一番景象,而过滤了我们所说的那些东西。

这就是"现代"——新的文化积淀需要很久,但是改变它的意义如今却很容易。城市成为照片,照片成为老照片之后,既有时间赋予的强烈印痕,真正的历史也就等同于消失了。在影像中你可以看到某种空间的"深度",但是它表征的还有一种空洞,等待着基于不同现实的观影者用各自的想象去填补。

就算"看到了"一部分历史,记忆并不曾真正安顿。至少,这样不完全的风景尚不具备那种成为今日文化纪念碑的潜力。

---

1. 大正写真工艺所,《中支之展望》,1938年,第38页。原文为日文。

子在川上曰,逝者如斯夫,不舍昼夜!
——《论语·子而》

我们将桥梁拆掉,甚至将土地毁坏,登船离开陆地!
——尼采《快乐的知识》

第二章 / 真实生活：河流上的故事

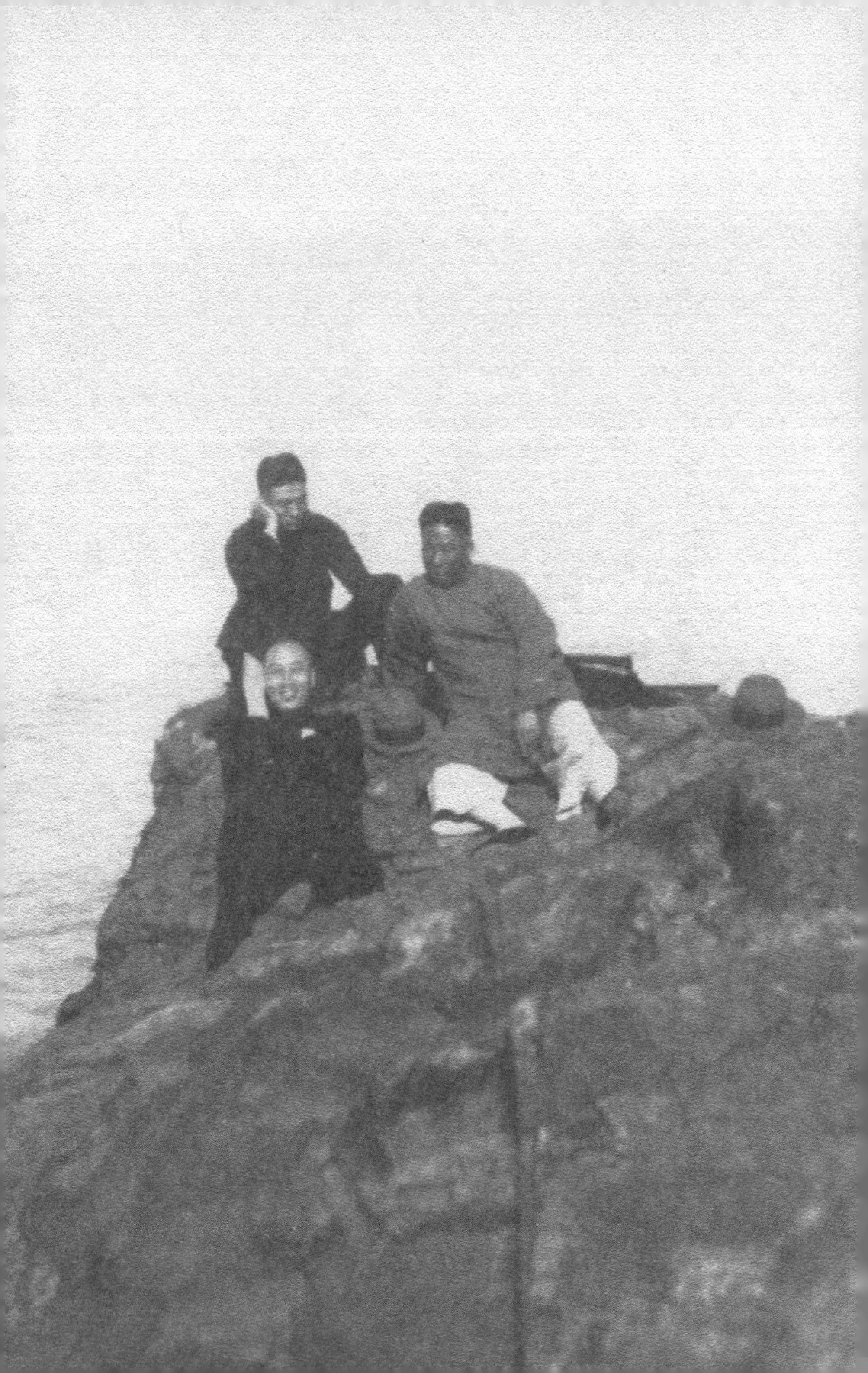

到港

调转我的视线往江畔风景的反方向的,是偶然买到的一张民国照片。它拍摄的是大江而不是江岸了,好像重点是人,不是风景。

是哦,假如把老照片里的相机镜头180度反转过来,即使是今天,从吉和街上视线毫无遮拦的"吉和广场"上,往大江的那一侧望去,茫茫烟水似乎也没有什么可看的呢……

随照片注明,画面里的四个人物都有具体的名姓:梁洛书,李国富,李澄清,李泽鉴。可是,在浩如烟海的晚清期刊、民国期刊全文数据库中,我没有找到关于他们的任何有用信息。他们很可能不是什么有名的文人骚客,如果触景生情吟哦几句,也是那种歪诗。

比如这个自我标榜为"北京大学校预科毕业生"的芜湖游客所作的:

> 风流淘尽大江东，水色苍茫接远空。沙鸟飞时远树绿，布帆来处夕阳红。潮过瓜步声犹怒，山到江南头不童。此去芜湖应已近，好将竹报付邮筒。
>
> ——丁鸿宾《由金陵赴芜湖江船上作》

> 一般破浪有长风，江水滔滔气势雄。东下百邑知地力，西来万里识王（禹）功。名标吾国版图里，利在他人掌握中。试看而今第一渎（禹治四渎，江居第一），果真谁是主人翁？
>
> ——丁鸿宾《由金陵赴芜湖江船上作·其二》[1]

我喜欢这照片，是因为照片里难得真实不呆板的表情，不像清末人，他们已经懂得如何面对镜头，"摆酷"。他们看上去很像是今天的文艺青年，有了城市人那种对"格式"（style）的追求。斜倚在礁石上，没有大包小裹，不排除是本地人，也有可能，只是路过的旅客放下行李到此游玩罢了。他们很潇洒、很悠闲的样子，只是水天背景中却什么都看不见，不知他们欣赏的究竟是什么？他们已经不是天子袖中的"娇民"，而是一个新国家的"主人翁"了。

这平凡的画面中茫茫的空洞，和它的时代背景有着戏剧性的反差。他们身后并不是一无所有，也不是"大江东去……多情应笑我"，画面和诗句外，至少有相机，有传达信息和照片的报纸和"邮筒"。在那个时候，正在发生很多事情。岸上发生的，同时也是江中发生的。

---

1. 丁鸿宾，《由金陵赴芜湖江船上作》，载于《学生》，1914年第1卷第4期，第97页。

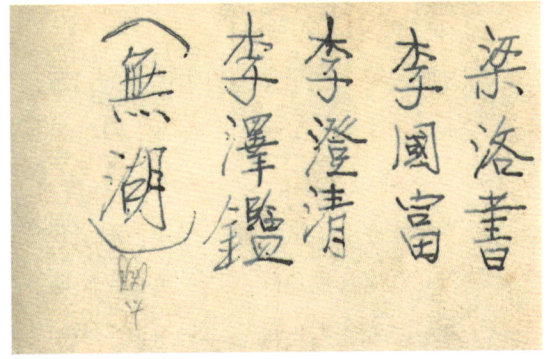

插图 10　江畔合影。芜湖民国老照片
图片来源：作者收藏

"名标吾国版图里，利在他人掌握中"，如同丁鸿宾诗中调侃的，早在芜湖开埠之前，长江航运已经激发了西方列强之间的激烈竞争。1861年，英商琼记洋行的"火鸽"号木质明轮拖船，是安徽段长江江面首次出现的商贸轮船。[1] 觊觎这条黄金水道的，比如早期的美商旗昌洋行（Russell & Co.）、英商太古洋行（Swire或者Taikoo），乃至后来挤来的日本、德国、挪威等船运公司。[2] 外国轮船公司，显然是看到了垄断中国对外运输的长远影响，而非一时之利。"由于中国自给自足的自然经济的抵制，列强在这种正常的贸易中并未获得颇丰的利润……"但是轮船让外国人有条件大摇大摆地深入中国内地，外轮的出现，虽也引起了洋货进口的暂时增加，但最显著的后果"是夺取了中国帆船（上述诗中提到的'布帆'）原有的航运业务。"[3] 长江由此正式进入轮船时代。

不可否认，轮船也便利了长江沿岸港口本国人的出行，刺激了中国自己轮船局的发展，"旧时土货运输，或用本国帆船，或循迂远陆路，沿途关卡林立，捐税又系繁多"，外轮进入后，"……洋式船只较为稳速，新关行政亦新画一，商旅称便，趋之若鹜，故土货多改由洋船，以期运输敏捷苛税免除也"。[4] 短短十年间，芜湖江上的去客，已经从1904年的24 429人（上海方向），16 157人（汉

---

1. 安徽省内河航运史编写委员会，《芜湖长江轮船公司志》，1992年，第1页。
2. 怡和（Swire）是一家老牌英资洋行，清朝时即从事与中国的贸易。今天的太古是一间植根于亚洲的跨国公司。其在大中华区的业务多用太古（Taikoo）商标。参见《贸易册》，第694页。及刘广京，《英美航运势力在华的竞争》，上海社会科学院出版社，1988年。
3. 朱杰，《试论晚清列强对长江内河航运权的侵夺及影响》，安徽大学硕士论文，2015年，第15页。
4. 班思德，《最近百年中国对外贸易史》，见聂宝璋《中国近代航运史资料》（第一辑，下），上海人民出版社，1983年，第1266页。

口方向）猛增到1913年的100 304人（上海方向），41 644人（汉口方向），来客，则从1904年的25 721人（上海方向），30 514人（汉口方向）增到1913年的102 518人（上海方向），45 194人（汉口方向），客流量增加了1—4倍。[1]到了1913年，外国旅客已不算少，分别是每年383人（去客），547人（来客），平均每天都会有1—2人，可是由此上下船的中国人要多得多，达到可观的276 806人（去客）和280 491人（来客），每日近千人。[2]

长江航线本来就是命脉，但是这时江上的繁华，并不完全是因水路胜于陆路，它也重新激活了江南各个区域之间的联络。内河航道同步海潮的脉动。还记得那个出现在中江塔下，青弋江南岸的"常关"吗？常关本是明清以来对于过境关口的称呼。设在水、陆要冲的常关，是"内地"管辖的内部事务。鸦片战争以后，出现了在内河航道的"江海关"，多由外国人主持，于是"常关"变成了"旧关"，"土关"（native custom）有别于"洋关"。庚子国变，各洋关50里内的常关，也归了海关税务司管辖，于是，类似芜湖同一江岸上的这些关口，就有了属外属内的组织差异。

因着这些看不见的体制重组，小河换大江，水陆相间华洋杂处，有了异常复杂精密的交通体系，就连本地方言的演化，都已分化出了这样那样的层次。靠近江边的城区，和水路主要口岸的联络，有时比陆上相邻的地区还要紧密，口音和词语也互相借鉴；后者距离显然更近，但是苦于旱路交通不便，上溯的文化传统可能不

1.《中华民国二年芜湖关贸易册（中英文）》，《通商各关华洋贸易全年清册》，1914年第2卷，第262—277页。
2.同上。

同。循着青弋江的支流,一直往皖南腹地去,一路是繁昌、南陵、泾县、休宁、旌德,一路是宣城、宁国、郎溪、广德,并辐射江浙两省,加上安徽省的江北地区,同时接壤北方话、吴语、徽语的乡土圈层。无论在安徽,还是全国,这个区域都可以称得上是方言变化最剧烈,文化多样性最丰富之一。[1]尤其在太平天国战争之后,芜湖开埠以来,这个区域变成了时代巨变渗透中国"内地"的缩影。20世纪以来上述长江旅客的增长,更显著地体现在选择由芜湖出行的周边人士,分别由16 799人(去客)增至135 181人,17 346人(来客)增至134 026人,十年时间大致翻了八倍。[2]

大概也就是芜湖这座城市航运兴起的年代,中国交通方式开始发生另一轮重大的变革。[3]铁路悄然兴起,最终在20世纪后半叶超越了长江水运的地位。但是芜湖这座通往皖南的门户不大一样:因为迟迟未能建成长江大桥,江北的铁路干线津浦线由南京开始绕向上海,芜湖转而作为沿海和内地的折冲:"远江近河,高坚平广,兼有此八字之利"[4],对生活在腹地的人们而言,走芜湖转水路依然重要,港口的记忆也就成了这座小城整个20世纪的基因。

西方商人期待的长江贸易本质上是种掠夺性贸易,在这段时期

---

1. 芜湖属于多方言的交会处,除了区域流行的江淮官话和东边吴方言的影响,还包括一部分操四川话(西南官话)和皖北话(中原官话)的移民。长江和其他水道带来的流动性使得方言的分布不完全是均匀"分块"的,比如城市和郊区的方言就不大一样。
2. 《中华民国二年芜湖关贸易册》,《通商各关华洋贸易全年清册》,1914年第2卷,第262—277页。
3. 邵功南,《试论1862—1937年中国物流方式的变革》,清华大学硕士论文。在物流的组成上,粮食占39.14%,布匹占27.04%。
4. 王东,《永远的遗憾——清廷拟迁移江南制造总局至芜湖湾沚始末考》,刊于《十大商帮与芜湖》,安徽师范大学出版社,2017年,第117页。

插图11 1929年芜湖江岸和码头
图片来源：《芜湖旧影甲子流光》，芜湖市文物局编，2016年

插图12 "棨戟遥临"——以《滕王阁序》中的句子，欢迎从大江上来芜湖寻求机会的人们
图片来源：作者收藏民国明信片

插图13 芜湖碇泊场
图片来源：作者收藏侵华日军印制明信片

进口量翻了一番，就不使人惊奇，但是转口（re-exports，大多意味着进口加工转外销）增幅更猛，反映了原本只是"原料粗制"的区域生产，现在已经全面纳入了国际协作网络。[1]与此类似，以"四大米市"而著名，芜湖所得益的，不仅是稻米产区的出产量，而且是它被指定的枢纽地位。[2]除了消极的利益交换之外，不要忽略了"人"的改变，在这里，我们更看重具体，不再只相信数字。在港口，江上人见识了品类繁多的货品，见过的，没有见过的：

药土（烟土）：白皮土、公班土、河南土、甘肃土、江苏土、贵州土、山西土、陕西土、四川土、云南土……

外国棉货：原色布、美国粗布、英国粗布、白色布、美国粗斜纹布、美国细斜纹布、标布、印花布、各种印花斜纹布、元素棉羽绸、色素棉羽绸、绉布棉羽绸、泰西缎、绉布棉羽绸、色花色提色点布、红布、棉剪绒、手帕、英国棉纱、日本棉纱、印度棉纱……

中国棉货：黑色布、上海粗布、棉纱……

绒货：大企呢、哆啰呢、哈喇呢、羽绫、哔叽、小呢……

外国五金：铁支、铁丝、铅块、铅条、钢、锡块、马口铁片……

1.《中华民国二年芜湖关贸易册（中英文）》，《通商各关华洋贸易全年清册》，1914年第2卷，第262—277页。
2. 米市本在镇江。光绪三年（1877）也即《中英烟台条约》签约之后的第二年，李鸿章奏请清政府将镇江七浩口米市迁至芜湖。"……芜湖米市形成的另一重要人为因素是安徽米捐局（1898年）的设立……"参见徐正元等《芜湖米市述略》，中国展望出版社，1988年，第1—11页。

外国杂货：八角、各种袋包、黑海参、燕窝、纸烟、染料、颜料、油漆类、苏木、细葵扇、粗葵扇、洋参、玻璃片、自来火、美国煤油、波罗岛煤油、俄国煤油、苏门答腊煤油、檀香、海带海菜、肥皂、赤糖、白糖、车白糖、冰糖、伞……

中国杂货：麻袋、书籍、小麦、纸烟、黑枣、纸扇、机器面粉、木耳、粗夏布、细夏布、石羔、水靛、熟皮、桂圆、药材、豆油……

……[1]

之所以如此不厌其烦地列出这些货物的名字，是想证明改变可以是多么具体。抛却那些只有港口官员才关心的话题，我们也看到普通人的兴趣点所在。中国能够卖出的是"豆、五谷（米、小麦）、煤、棉花、干蛋白、干蛋黄、鸡鸭等，毛、火麻、花生、香末、药材、菜籽、芝麻……"这些原产，江南农民供应的是"子饼、白丝、它类丝、生牛皮、红茶、绿茶、茶叶、烟叶、烟丝……"除了宣纸、茶叶这些手艺名产，就只有芜湖初步自产的机器面粉一项，算是带有一点新技术的含量。与此同时，进口货物中也包括大宗的"芝麻油、茶油、桐油、上等纸、锡箔、上海厂制纸、土酒、瓜子、芝麻、绸缎、丝线、赤糖、白糖、烟叶、木杆……"西方商人反过来倾销到中国的生活必需品，却是上海、外洋大工业的制成品，例如棉布、夏布、绸缎、芝麻、茶、木板、烟叶，这些制成品质量稳

1.《中华民国二年芜湖关贸易册（中英文对照）》，《通商各关华洋贸易全年清册》，1914年第2卷，第262—277页。

定,具有更高的性价比,加上那些别开生面的新奇物色,魅力难以抗拒,不知不觉中,就把江南人的生活世界翻了个底朝天。[1]

很小的时候,我就学会了一句从老辈那里传习下来的俗语:"洋货"——我本以为这是土话,因为只知其音,不识其形,人们说一个人或一样事物"洋货"(yang huo)的时候,是讲究、优质、时髦的意思。其实,这就是沉淀了许久的近代经验,是从江心那些轮船中漂流而来。在我们已经说惯的方言中,来源同样让你大吃一惊的外来语还有"来丝"(nice,不错)、"水门汀"(cement,水泥)、"斯必灵"(spring,弹簧)锁、凡士林(Vaseline)……江南人,包括吴语区和官话区,即使距离遥远,也共享这些舶来的词语。

由此我们再调转视线,来看江畔的风景,就会转移注意力到它所独具的空间类型,而不是纠结于它嘈杂的外表。前者由真实的生活塑造,后者仅仅是文化缺席的表象。

码头,以前无论如何不是一个好词。"江湖多风波",或者是"小舟从此逝",都意味着弃绝人世,自然要么凶厄要么远僻。过去寻常城市人送别的仪式,如果不是官吏显贵,不能在陆地上"长亭更短亭",绝不会过分隆重。更主要的是它并不必然有什么确定的物理限制,特别是长江这样不安静的大水,不是人家后门的运河,以前代的技术,时来时去的潮水里,不可能安置什么迎送的设施。"送君南浦,伤之如何"——屈原和江淹让你想起的,是芦苇荡中荒滩边几乎看不到的一幕,是诗意的一刻,也是模糊的一刻。

---

[1] 经济作物相对的,是采集方法受到限制、出产量有限的"土特产"。参见芜湖专员公署商业局编《芜湖专区土特产品手册》,1959年。

新的码头绝不一样了。作家苏童想象的民国码头，取材于芜湖米市的《米》，小说里跌跌撞撞地跳上岸寻找新机会的农村流民，面对着完全不同的一幕——是戏剧化的，让人惊骇的一幕。他将看见城市里他从来没有见过的黑压压的人群，巨大的西式建筑，和仿佛另一个世界般的光怪陆离。那些建筑立在贫民窟中，或是自秀美的小山顶上升起，就像在一堆侏儒间格格不入地呆立着的傻大个子，浑身上下充满了不自在。从"旧"的角度蓦然望去，世纪之交的"新"，就像轮船在江心划过的浪迹一般，充满了令人艳羡的动态，可是另一方面，这种水土不服的"新"的生命力冲进视野，又带着一种莫名的罪恶感，随嘈杂而来的是暴力、欺骗：

……中秋前一日，江永轮船上水行抵芜湖，查轮员弁在船拿获扒手一名，供讯之下供姓谈名汉卿湖南人，间及会匪党羽。据云，初入党间，略识一二，倘蒙赦罪，愿为眼线当交查轮弁。饶翼卿守戎挈带，每日上轮，令其检认。十七日，大通船下水，指出王春亭会匪一名，饶君上前拘获，解交总局周翊廷司马研讯。王即狡赖，继见刑具始供入会及同党多名及会中旗式隐语。现道宪着交芜湖县再鞫。[1]

近代意义的警察并不是一开始就有。没有更强的与之抗衡的力量，港口实际上成了一个地下世界，江上往来的"会党"从重庆到汉口到芜湖到上海，统治了这个世界，只是偶然间，他们确切的

---

1. "芜湖戋束"，《益闻录》，1891年第1105期，第453页。

"事迹"才为他们日夜恐吓的人们知晓：

> ……日前大通拿获巨匪何老小一名，解送芜湖严讯其伙犯，曾老五亦经缉获研鞠，熬刑，讫无确供。又南陵与宣城交界团董万爱亭者，阴结会匪，业经拿获录于前报……[1]

——我很小就领略了这种惊惶，因为大部分惊悚的社会新闻，都发生在大家拎起大包小裹，"轰"的一下，向着舷桥上/下冲刺的瞬间前后。直到完全脱离动荡的船舱与码头，离开几条街以外，旅客才稍稍安心。不管是脱误时刻的可能，还是丢失东西，发生意外纠纷，为人诈骗或者抢劫，甚至失足落水……至少，大江上油然而生的诗兴，也免不了交织一种无形的恐慌，伴随着从陆地到水面的整个旅途。

这种转换间迸发的心理能量暗示了"本地"和"旅行者"的区分。从正面看，现代的城市本始于对于外面世界的向往，始于以前所未有的速度改观的时空，一声汽笛，蒸汽轮船、机车不仅为20世纪的中国人，也早为工业革命时期的西方人带来了一种不同的空间经验，英国画家透纳笔下穿越浓雾和暴雨的火车，打破了巴洛克城市在眼光尽端虚假的布景效果，而被戳穿的幕布后面，并不一定都是使人失落的空洞；雷霆万钧地驶进纽约、宾夕法尼亚火车站的通勤车的到来，在建筑史家文森特·斯库里（Vincent Scully）看来，本是不逊于罗马英雄的凯旋的。比如迎风破浪的江心轮船，也可以

---

[1] "芜湖戈束"，《益闻录》，1891年第1105期，第453页。

激发起北大预科才子无边的诗兴。

今天的中国久已习惯了这些隆隆而至的远方来客——它也建造了崭新的机场，和它们的西方原型惟妙惟肖的等候厅，以及一路欢迎的标识来向远客致意。可是，一百多年前初次踏进这种境遇的普通人，还要花一定时间来适应如此巨大的尺度积蓄起来的能量，以及这能量偶然导致的无序——这种情况也完全适用于不久之后（1934年）就建成的芜乍线（芜湖—乍浦）芜湖火车站。就像20世纪末大街上曾经无数穿着廉价西服却脚踩黄泥的打工仔一样，形象和实质并不完全同步，20世纪初刚刚成形的港市，有了可以运作的程序，但不能完全安顿街道上的人心，仍旧是一种不可回避的半拉子现实。

在远离是非之地的地方，货运码头则是另一番景象。很小的时候我父亲经常带我去江边散步，他因为长期往来于宜昌、武汉和芜湖之间的缘故，非常敏感于长江航运的知识。从沿江一带的8号码头（客运码头）往南走，就可以一路沿着防洪墙，找到很多个数字编号的码头入口，从"8号"，一直下到原点的"1号"。对于本地市民，它们也是饭后休闲的去处。在那个时候，芜湖长江五大港口之一的地位已经稳定，在这个长条形的沿江地带，长江航务管理局芜湖分局（简称长航）几乎建成了另一座独立的城市，覆盖包括我曾住过的片区，这城市比它在街道上能看见的要大得多，因为还包括街道背后的货栈、仓库、工厂……甚至还要算上沿着江水分布的绵延百里的其他设施。那些不对外开放的地方对小孩子来说多少有些阴森，里面好像真有什么恐怖的能量。但是，作为一个巨型机构，它也带来了惠泽大众的服务：电影院、澡堂、冷饮店……包括我们觉得连名字也很"洋气"的海员俱乐部——城市的制高点之一。

除了壮观的防洪墙和接驳、装卸设备，货运码头江边的滩涂，相比开埠时代并没有太大的改观，但它们是未来滨江公园的基础：人的世界和自然的交接，现在有了相对安全的界面，两者可以这么近地看清对方，没有了旅行的催迫，呜呜的江轮汽笛，反而成了对于日常秩序的一种肯定，让人心安，它们与教堂晚祷的钟声、江海关按海船报时法、依英国钟曲《威斯敏斯特》敲响的节奏，形成一种和谐的协奏。傍晚，我们常沿着舷桥走到无人船坞上，看落日，"丁零、丁零"，操作水手们用来系船的铁绞盘，玩耍粗大的铁链。从一个码头，走到另一个码头。

直到看到那座五层的砖塔停步，它的大名叫作中江塔。多少年过去，只有这座塔还没什么太大的变化，在我小的时候，它已经风尘仆仆，长满了草树，看上去和图画里的"宝塔"相去甚远。不夸张地说，它是我此生看到的最重要的一座古代的建筑物。看着它成长起来，即使那时并没有什么历史知识，在它身上，我很容易就看到了"时间"。

身边，一切都在变化。在江畔成长的人已经习惯了这种变化，而这塔直观地表达了一种持久的存在。

江上往来人

> 中江塔在县西长河入江处,为邑水口关锁,建于明万历四十六年,工未竣,或谓与工关有碍,拆损二层。清康熙八年公议重建,知县段文彬主之,乃落成。
> ——《民国芜湖县志·卷三十六·古迹志·名胜》

如今一切都习惯于"验明正身"。大多数现有的资料记载,这座塔始建于明代万历四十六年(1618),五层八面,砖木结构,因故"有碍",清康熙八年(1669)才算完工。然而,我甚是怀疑"始建"的含义,我小时候看到的塔,没有那10.16米高的塔刹,代之以一枝小树从塔顶伸出,也看不见登临的石梯和木梯。今天塔已经修复,塔曾经傲视城市,今天塔和城市的关系却已颠倒,从修葺一新的塔的半腰,新的高架大桥尴尬地横过,路人不必再仰视,令得它43.7米不算低的高度也打了折扣。老芜湖人还是更习惯那芳草萋萋，塔树合一的形象——在那个时候，并没有什么"历史保护"的概念，因为那时，历史并没有让人感到它有消失的危险。

都说江边宝塔有镇压风水的讲究，在前述美国传教士的照片里，它正对着关门洲，隔着南边的青弋江，就是辐射广大内地的常关，后者关系到一个人走出老家的第一步，可能是他生平命运的转折——财富的能量恐怕也产生心理的魔力，明代"始建"，但碍于工关风水惜未成功的秘密，也许正在其中。但是更显然的意义，只要登上塔就能看清。

在我少年时代，更常见的是背着大人，自己和小伙伴们跑到塔下。塔的一侧是可以爬的，砖块松动脱落，留下来的空洞，方便了让你手足并用地攀缘而上。虽然这有一定危险性，但是进到塔里登高的刺激驱动着你，希冀可以找到什么古老的"宝贝"。街边的老人讪笑着，告诉我们早有多人和野狗来过，哪里轮得到你。他还说，其实我们进了空洞就已身在塔上，塔本还有下面一层，只是让土堙埋没了，那已是1953年的大洪水过后，修建防水墙时的事情。

虽然只能爬高一点，已经足以看到更好的江景，如此又对周遭多了新的认知。你现在意识到，不仅塔的南边有青弋江由东而西汇入大河，就连西面的长江，也并不总是平行于你长大的那条吉和街的，在目力所及的地方，看得见它确实开始拐弯了！又过了很久以后，我开始识读有着指北针、比例尺、等高线的景观地图，意识到北方人在乎的东西南北，才发现和课本上讲的不大一样的水文问题：塔上，面前，远处拐了弯的长江才是正常的方向（向东入海……），而且它的岸线并不是简单的两根平行线，而是有着大大小小的转折，是"分形"[1]。每天，我从吉和街小学背后的山上望见的那段长江，流向其实是由南往北。地理上以东为左，江左也叫"江东"，这是很著名的说法，"江东"实则是指长江下游南岸地区。五代丘光庭《兼明书·杂说·江左》："晋、宋、齐、梁之书，皆谓江东为江左。"

突然拐了弯的长江，加上那时还算宽阔的青弋江，成为一个"丫"字形，给人一种两江汇流的壮观，有点像是一个世界名城的格局了。难怪塔里每层间隔辟窗，位置逐层相错，为的正是要让每个方向上都可以看得见导航的灯龛——这确实是一个特殊的位置。对于一个来访者，偌大的城市，意义也就收束在这线与线的交点上。

但是，更进一步我也就熟悉了青弋江往上游去的方向，知道我由吉和街的小学往"赭山"的方向去上中学，并非我们城市的全部。不管是沿着大江岸的南北漫步，或是垂直于大江岸越过青山的内插，很长时间里我忽略了另一座芜湖城的存在，除了小学、中学，由塔南向东转过去，循着青弋江的岸线，旧日"十里长街"的同一方向，你会走到传统上这座旧城的南限。这时候，古代诗人描写的芜湖形胜，才算是有了一个圆满的解释：

> 诗中长爱杜池州，说着芜湖是胜游。山掩县城当北起，渡冲官道向西流。风稍樯碇网初下，雨摆鱼薪市未收。更好两三僧院舍，松衣石发斗山幽。　　——宋·林逋《过芜湖县》

---

1. 在数学上，分形（fractal）可以用于描述一段并不光滑的线段，它之所以粗糙是因为它的每一部分都由近似于整体形状的缩小形式所组成。由于分形所描述的现象，河流的岸线实际要比河流中线的长度长得多。

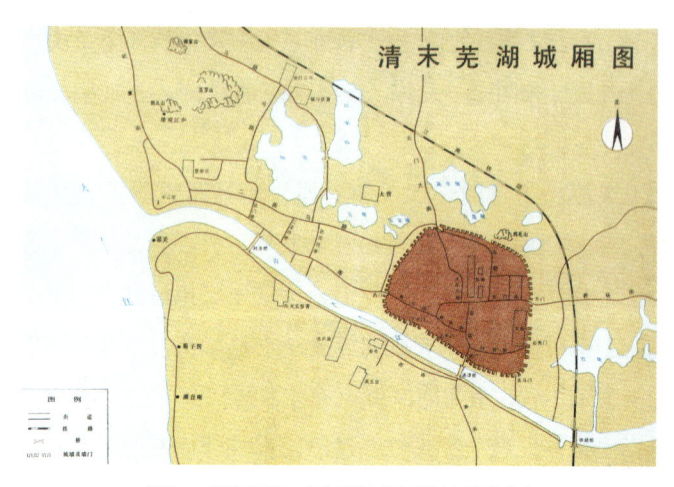

插图 14　芜湖城厢图。显示芜湖老城和近代新开发的关系
图片来源：《芜湖市城市整体规划图集：1985—2000》，芜湖市城乡建设保护委员会，1986 年

插图 15　20 世纪 20 年代长虹门外老浮桥
图片来源：《芜湖旧影甲子流光》，芜湖市文物局编，2016 年

若干个快速跳跃的"镜头",以一曲"暗香·疏影"闻名的北宋诗人林逋(967—1028)粗粗勾勒了这一地区的自然意象,稍稍提示了城市的确切所在。这时的芜湖县,其实属太平州,治所还在今天芜湖市北方的当涂。宋城少有人知,也许是阴差阳错,明城的地望却和北宋诗中描写的大致不差,它的北边正是赭山,有着松荫禅院,青弋江穿过南边的渡口一路而西。

旧芜湖无法确考。明万历三年(1575)重新筑成留存至现代的城垣,是我们依稀知道的古城芜湖的物理限止,几条迄今仍存的环城东路、环城西路提供了另一个版本的城市历史,这个热闹非凡的所在,是家长要求我们放学后回避的地方,地名基于的方位感,和我自小的记忆完全相反,也指向更"内地"的城市历史。北面青山,南边渡口,僧院、鱼市,都亲切可爱,西边茫茫的大江,虽然也是重要的语境,在古城而言,还只是人类聚落语焉不详的边缘——那时的芜湖城,是青弋江边的芜湖城,早在租界之前,它已经是个重要的码头了,是转毂型(商业流通型)的城市,米粮、布匹、铜铅,在此集散。"以青弋江北岸的鸡毛山高地为中心",市街不囿于城垣之内,沿着内河呈一字形排列。[1]

原来,古城的繁华,并不是从我自以为重要的江岸边开始的。

文字和图画的记载和摄影同样可以复原一个地方:明清芜湖,繁华已久,主要是手工业,如浆染、钢铁,也是南北物资集散地和商贸、金融中心。但是习惯了江边的风景照以后,你会发现,这里难得有"照片"看世界的视角,我们对它的了解只限于几张模糊的

1.《芜湖通史》,黄山书社,2001年,第168、173页。

"版刻地图",只堪是"示意",那摄影术不曾覆盖的年代的回忆,也不够"高清"。

这就不能不把历史的指针上拨,快速地回到大约三百年前,多亏了一部伟大的小说,它不止是片断的"闪回",居然留下了这无名的小城好几个具体的场面,有城,有景,有人……那就是清代作家吴敬梓(1701—1754)的《儒林外史》,人们所熟知的《范进中举》的故事来自这部小说。

一般认为吴敬梓是安徽滁州全椒人,实则,他后半生的主要时间都是消磨在南京和扬州的。这也解释了为什么他有机会涉足芜湖,并有真切的生活体会。那时的江船远没有20世纪轮船的快捷,但是比起步行和驴车,也是舒适便利得多了。

《儒林外史》正是在长江流经的几座城市搭起的"舞台"上演出的,作为传统章回小说,它没有西方小说那样一以贯之的人物和情节,而是"你方唱罢我登场",有些场面只是一笔带过,有些人物永远都是"群众演员"。书中的人物不得志的牛布衣,正是"群众演员"之一,他千里迢迢从范学道的山东幕中来到江南,没承想,出了场不到七八百字,却死在了芜湖,退出了舞台:

牛布衣独自搭江船过了南京,来到芜湖,寻在浮桥口一个小庵内作寓。这庵叫作甘露庵,门面三间:中间供着一尊韦驮菩萨;左边一间锁着,堆些柴草;右边一间做走路。进去一个大院落,大殿三间,殿后两间房,一间是本庵一个老和尚自己住着,一间便是牛布衣住的客房……不想一日,牛布衣病倒了……挨

到晚上，痰响了一阵，喘息一回，呜呼哀哉，断气身亡……[1]

人民文学版《儒林外史》注释："芜湖关——本是芜湖征收船物税的机关的专称，由于水陆行客叫惯了的关系，成为芜湖一地的地名。"旅客优先选住的地点"寻在浮桥口……"，由青弋江的河北到河南，正是去芜湖关南关的方向，人们必经的联舟桥"通津桥"——"联舟为梁，横亘长河，以通往来，盖境中要路也"，也就是书中多次提到的"浮桥"，始建于明嘉靖年间（1522—1566）[2]，近代的照片里还可以找到它的身影。税关之要，已经透露出水陆行客到此的原因，城市的意义早就不只是城垣里那一圈，牛布衣由长江码头上岸到城市那一段，才是最精彩的段落；浮桥，则代表着城外水路交通的重要起点，和城内的关节同等重要。牛布衣之死，揭开了描摹芜湖黎庶风景的续篇，真正的角色们纷纷登场。

住在附近的芜湖少年浦郎，一日来庵中借火读书，他发现"……只要会做两句诗，并不要进学、中举，就可以同这些老爷们往来。何等荣耀！"于是，竟偷出了牛布衣的诗稿，假冒牛布衣结交那些附庸风雅的当地文人，从此学得一身势利，甚至骗过了新补知县。牛布衣的妻子牛奶奶久不见丈夫，带了侄子走到芜湖去寻他回来，"搭船一路来到芜湖。找到浮桥口甘露庵"，发觉了丈夫身亡并被冒名顶替的真相……

小说的真正主人公，杜少卿——研究者认为他就是吴敬梓本人

---

1. 引文出自吴敬梓《儒林外史》，人民文学出版社，1958年。
2. 鹤儿山头的识舟亭取名于谢朓的名句"天际识归舟，云中辨江树"，详见下文讨论。

的化身[1]——于是正式出场了,这次旅途的背景,很可能是作者在心理矛盾中求取功名的一次旅程,为他生平少有:

> ……一路又遇了逆风,走了四五天才走到芜湖。到了芜湖,那船真走不动了。船家要钱买米煮饭,杜少卿叫小厮寻一寻,只剩了五个钱,杜少卿算计要拿衣服去当。心里闷,且到岸上去走走,见是吉祥寺……

吉祥寺,正是中江塔畔,是长江与青弋江码头的位置。他从更上游的安庆访友回来,路上只是因为行路难才留在了芜湖,这是小说中杜少卿在芜湖唯一的一次出场。这就使人纳闷,假如作家本人在芜湖不止住过一天,缘何这里只是偶遇,设计为"落难"的情节呢?[2] "……因在茶桌上坐着,吃了一开茶。又肚里饿了,吃了三个烧饼,倒要六个钱,还走不出茶馆门……"连个烧饼都买不起了,因此流落在此处。

联系起上文所书羁旅在芜湖的牛布衣,胆大妄为冒充牛布衣的牛浦郎,贪慕虚名的芜湖文士,以及在芜湖发现惊天秘密又不得申冤的牛奶奶,善良又不辨真伪的芜湖卜家。这些人凑在一起,才是作家心目中完整的芜湖,一个风尘中的乱处,无论如何,有着这种人情的"康乾盛世",也难是我们通常所期待的"黄金时代"。

---

1. 何泽翰,《〈儒林外史〉人物本事考略》,上海古籍出版社,1985年。
2. 吴敬梓的这次芜湖之旅源于赴安庆应抚院试。至于吴敬梓本人是否曾在芜湖长住,学界没有扎实的证据。

但是他突然遇见了一个故人:"只见一个道士在面前走过去,杜少卿不曾认得清。那道士回头一看,忙走近前道:'杜少爷,你怎么在这里?'"

"他乡遇故知"解决了杜少卿的燃眉之急。来芜湖只为作诗的道士来霞士,他的身份本身意味着一种滔滔浊世中的"救赎",画风一转,两人把一段困顿的旅途,延伸成了黄昏流连的好时光。道士"就寓在识舟亭,甚有景致,可以望江"。两个人会了茶钱,乘兴同进了"识舟亭"。

"识舟亭"里竟也是道士,是一座道观的代称——即使在小的时候读到这里,我也禁不住感到一丝诧异:在一个全校大会上,听到别人讲话提到我们班级已经不寻常,更惊讶的是大会主席竟然点了我的名字!就好像终于发现有个名人李克农住我隔壁,"识舟亭"也正是我家旁边的地名,是未曾谋面的老相识。"据说"隔着我住的吉和街,我的小学后面(东边)的"牛奶山",古代叫作"鹤儿山",上面正是"识舟亭"的故址,我一直纳闷不算陡峭的山坡上都是平地,全无半分亭子的踪迹,连路牌也没有,这地名竟也留存至今。只有沿着上学的那条便道,穿越地势上趋的青山街,会先经过我更熟悉的八角亭——今日同样也仅见其名。《儒林外史》是我第一次,好像也是唯一的一次,在一本叙事文学之中看到"识舟亭"的名字。

难得的是,后书还写到了"鹤儿山头的识舟亭"宴饮的情节。尽管故事寥寥数十字,"像素"不多,但这个地点终于变得真实了,不像其他没有任何原典出处的"古迹",光听起来就已经半真半假。和万千真正"无名"的地点比起来,这座小小山头是何其幸运的,居然有闻名遐迩的作品,为它提供了真切可感的心理坐标:

庙里道士走了出来，问哪里来的尊客。来道士道："是天长杜状元府里杜少老爷。"道士听了，着实恭敬，请坐拜茶。杜少卿看见墙上贴着一个斗方，一首识舟亭怀古的诗，上写"霞士道兄教正"，下写"燕里韦阐思玄稿"。杜少卿道："这是滁州乌衣镇韦四太爷的诗。他几时在这里的？"道士道："韦四太爷现在楼上。"

能在识舟亭上咏怀古迹的韦四太爷，并不是本地人。接来霞士远道来做诗的"芜湖县张老父台"很可能只是虚伪做作，就像让牛浦郎得逞的那些人一样，但是杜少卿显然是看得上韦四太爷的，他豪爽天真，是《儒林外史》中不多的正面人物。他的本贯"乌衣镇"和"识舟亭"一样，都指向更久远的历史，乌衣镇至今犹存，和刘禹锡的"乌衣巷"一样，三国吴时士兵着乌衣，因此有了大大小小的这些以"乌衣"命名的地名。"识舟亭"则是南朝诗人谢朓（464—499）的名句"天际识归舟"中摘得。有了这古意盎然的地名，有了这三个意气相投，竟然又巧遇在合适地方的人，有了茶、酒，韦四太爷口中这"荒江地面"一下子就有了"文化"（还有了韦四太爷慷慨赠予的十两银子）。三人欢度良辰：

……三人吃酒，直吃到下午，看着江里的船在楼窗外过去，船上的定风旗渐渐转动。韦四太爷道："好了！风云转了！"大家靠着窗子看那江里，看了一回，太阳落了下去，返照照着几千根桅杆半截通红。

没有信史只有"外史"，如此脍炙人口的文学作品，如此动人的场面，究竟算是让这城、这山在历史中变得有名，更确实，或者更"日常"和不可辨识了？这故事的地点是吴敬梓某次生活经历的写照，抑或仅仅是他心境的象征？考古不大可能，唯一可以确认的东西是文学本身所提供的：无论是随心境转动的"风云"和船上的定风旗，还是随情节出现消失的人物，既不是全然虚托，也不是绝对的"真实"。

把两种不同的打量城市的视角结合在一起，可能更接近于事实的全体：一种是江上的旅行者所见，沿着青弋江—长江沿岸，那时虽只有布帆，但已往来忙碌，比吴敬梓年代更早的纽霍夫已经看到了，由于繁忙的商贸而线性展开的城市图景，则是不停地动荡与奔波；另一种，却是疲乏的游子安顿了身心，在故人陪伴下向着江上回过头去。一是世俗眼光中的"荒江地面"，一是诗情无限。

清乾隆元年（1736），吴敬梓为了去安庆应抚院试，溯江而上来回芜湖两次，最终没能赴京完试，这次长途旅行是他人生中的一次大事件，也是上述小说情节的真实背景。[1]回程途中确有"识舟亭阻风"，也是道士出身的故人送了他些银两，这才可以沽酒安顿。因此写下小说外的《减字木兰花》：

卸帆窗下，一带江城浑似画。羽客凭阑，指点行舟杳霭间。
故人白首，解赠青铜沽浊酒。话别恩恩，万里连樯返照红。

---

1. 孟醒仁，《吴敬梓年谱》，安徽人民出版社，1981年，第54、56页。陈美林，《吴敬梓评传》，南京大学出版社，1990年，第201、205页。

旧式文人"出"与"处"的纠结，或说用世和隐逸的永恒选择，在故事中以"老父台"和"羽客"的身份对比得以交代。但是我们更感兴趣小说中暗示的"城"中风景和市声的对比。按照今天的标准看来，这样的"江城"图景已经几近于一种"城—乡"合体，或是"语境—物体"（context-object）同一的"都市景观"（urban landscape），而且在直面的方向里产生了卸帆人（外来者）和凭阑者（岸上人）对视的"双向视线"，不同于西方摄影师从单一角度架设的冷静的镜头。位居江上来往的要路，依托于沿着水上运输产生的繁庶水岸，近代的芜湖慢慢成为一种特殊类型的城市，城外沿着内河的"十里长街"连接老城和江船码头，同时也改变了依存于它的"荒江地面"的图像。[1]前者仍是被城垣所约束、在视觉上遮没的区域中心，渐渐没那么重要了；后者则是江上的旅行者所看到的，沿着青弋江—长江沿岸繁忙的商贸而线性展开的图景——在后世的规划学家口中，是另类的"带形城市"。[2]

从城内到浮桥，再由内河到大江畔的风景，一个明末的芜湖人，他从自己住家到新生活起点的旅行，正好和我晚饭后散步的方向相反。

---

1. 吴敬梓在《减字木兰花·识舟亭阻风喜遇朱乃吾王道士昆霞》一词中展示的是一种"双向视线"，相形之下，早期传教士由长江行舟中拍摄了大量的港口城市照片，但是他们却很少有"羽客凭阑，指点行舟沓霭间"的兴致。
2. "目前市区已发展到北至四合山南至桂花桥沿长江19公里，纵深2至5公里的带形城市。"《芜湖市城市总体规划图集：1985—2000》，芜湖市城乡建设环境保护委员会，1985年，17页。在北京大学1992年协助芜湖市起草的城镇体系规划方案中指出芜湖的带状城市存在新老中心。芜湖市规划设计研究院，《芜湖市城镇体系规划1992—2010年（说明书）》，北京大学城市规划研究中心，1992年，第55页。

芜湖本地的学者多爱拉近小说与真实的距离,据他们说,《儒林外史》还和城内的一条"儒林街"有关。其实,小说中几乎没有涉及城内的地名。迄今为止,我的书里也还没有谈到真正的"芜湖"——或者说,"外史"之外,被官方地志认可的古城。其实在近代以来,传统城市也早被江边的西风所改变,"新城"和"古城"互相影响的路径和方向与此类似,"古城"不古。开埠以来,江北的李鸿章家族侵入芜湖的市面,大举开发房地产,根据《皖人轶事》:"至1948年,李漱兰堂在芜湖有房屋276幢,一万多间,建筑面积22万平方米,分布28条街道,还有典当行、磨坊、砖瓦厂等。"李氏家族为他们的产业,取的是"李漱兰堂""景春花园""藕香居"等古雅的名称,却掩不住它们人间烟火的实质。清末,另一位接续吴敬梓传统的小说家李宝嘉(1867—1906),道出了"繁盛"城市的底里:

  其时正有一位大员的少爷在芜湖买了一大片地基,仿上海的样子造了许多弄堂,弄堂里全是住宅,也有三楼三底的,也有五楼五底的,大家都贪图这里便当,所以一齐都租了这里的屋。而且这片房子里头,有戏园,有大菜馆,有窑子,真要算得第一个热闹所在。

  ——《官场现形记·第五十回》《听主使豪仆学摸金,抗官威洋奴唆吃教》

吴敬梓是否曾在芜湖寓居?那据说令他看透了儒林的"儒林街",他到底有没有居住过?不管怎样,他为芜湖城本身设定的情境,本地人是略感尴尬的,或许,在他心目中,只谈财贸赋税的

"芜湖关"令人畏惧，充满了尔虞我诈，远不如故人黄昏把酒的"荒江地面"，甚至还不如作者另一个时常盘桓的旧邑——扬州。在那里，吴敬梓的足迹还可以延伸得更远，也是沿着运河的漕路，向北驶到古代华东经济动脉的另一头去。

在吴敬梓托付终身的南京，作者曾描写过普通人的另一个黄昏，在相似的风景里，就是贩夫走卒也能领略前朝的遗韵：

> 只见两个挑粪桶的，挑了两担空桶，歇在山上。这一个拍那一个肩头道："兄弟，今日的货已经卖完了，我和你到永宁泉吃一壶水，回来再到雨花台看看落照！"杜慎卿笑道："真乃菜佣酒保都有六朝烟水气，一点也不差！"

说起来，金陵的凡夫俗子未必也就不同于芜湖，但是作者为两地赋予的意义截然不同。我们将发现，《儒林外史》中的中江"地方"，严重缺乏应有的诗意，对照历史中的世俗与文化，这却是不乏真实依据的，也是创作者有意识的选择。

太平山水

再久以前。

在荷兰人纽霍夫的江船还没有驶过芜湖之前,吴敬梓也还没有出生,那可能是他喜欢的那个南京的黄金时代——"国家不幸诗家幸",在惊天动地的朝代更迭没有底定之际,在晚明清初,这个区域确实有过一段色彩更浓烈的篇章。如果把历史比喻成电影,个人感受的节奏是不一样的,有些段落多姿多彩,但有些年代人们久已遗忘。

虽然地望大多湮没无考,吟咏"芜湖"的诗句却举不胜举;即使纽霍夫17世纪的版画,似乎,也不能逼近他那个语境中的艺术理应具备的真实——伦勃朗、维米尔笔下的芜湖也会是如此吗?巧合的是,在这些大师活着的同一个时刻,在我们这里,逸笔草草的山水画面也有几幅,《桃花扇》上的殷红也有几滴。于是,戏剧性的对比,立刻产生了一个事实、

插图 16　纽霍夫书中的版画，可能是最早从这个角度刻画芜湖江滨景象的"写实作品"
图片来源：作者收藏资料

图像和故事的三岔口:脑海中的生动让眼前愈发空白,漫飞的古人意兴,却亟须现实的细节填补,这样的对比,仿佛对中国任何一个小地方的历史都会成立:

> ……一日我们抵达了芜湖城(Ufu,或曰Vubu),此乃隶属太平州(Taiping)的诸座小城之一,我们泊船于该城脚下。它建于江(长江Kiang)心一座小岛,江水绕岛而行分作两支,两条支流在南京附近汇合,水势愈发雄浑浩渺。其城郊居民、建筑及商铺数量超过了数座大城市。当地有大宗交易(écüelles de sampsou)及武器出产,武器由本地居民制造,工艺精良,无与伦比。他们的工业还包括大小灯具的制造。那里城池坚固,壁垒森严,以御外敌入侵。[1]

文字已经建立起对于一个地方的一般印象。我却偏偏不情愿满足于此,想要从上面这种两相对照中,找回更清晰的摄影般的记忆。怎么知道异国人的记述不是因无知而致的错认?想要把隽永的诗句填进写实的图画,取决于你如何定义"真实性","在16世纪晚期至17世纪的中国,确实存在某种历史条件使一系列不同的图像并存……"[2] 我的办法,不是慌忙把目光投向那些更有名,却也缺失另一半的例证,而是因着同一个地点,循着相似的路径,一路再向"之前"的历史寻去。

---

1. Jean Nieuhoff, *The Embassy of the Dutch East India Company to the Emperor of China, or the Great Cam of Tartary*; Leiden, J. De Meurs, 1665, p130. 感谢罗湉提供译文。
2. 柯律格,《明代的图像与视觉性》,北京大学出版社,2016年,第203页。

与它更有名的邻居不同，芜湖没有名声在外的视觉表征物（比如"石头城""采石矶""金山寺""瘦西湖"）。好在，我们还有江东（江左）这个说法，好在长江上的旅行是相对的确定——E.H.贡布里希在《艺术与错觉》中说，"形状是绝对的，所以在你画任何线条的时候都可以说它是正确的或是错误的，色彩却是全然相对的"，我们也可以说，有些事实是"绝对性的真实"，我们在没有第一手资料的时候是无从得知的，但是另一些"相对性的真实"却是可以通过转述来体认的。比如，长江岸线本身千百年来发生了这样那样的变化，它的形状是一种绝对知识，是难以确定的，而它在芜湖突然拐弯而在扬州—镇江段又恢复东流，这个事实却是相对的，自从楚霸王项羽——他"不肯过江东"——的时代就是如此。

芜湖—扬州，恰好也就是吴敬梓一生往来地域的上下限，是他的世界的全部。

因此，千百年来，驶过芜湖的旅客们不会错过这座城市，因为它就在河流转弯的地方，而且有着难以误会的地点和地标：

> 不见春江际，安知路所经。远随烟外席，时逗岸边亭。鹊尾云弥白，鸠兹山渐青。更投前港宿，雨势复冥冥。
>
> ——姚鼐《过芜湖》

> 鸠兹北面识舟亭，天际归帆望杳冥。松竹阴中孤塔白，楼台缺处数峰青。赭山人去生春草，江水潮回没旧汀。更忆于湖玩鞭迹，吴波不动客扬舲。
>
> ——王士禛《江行望识舟亭》

姚鼐（1732—1815）、王士祯（1634—1711）和吴敬梓的年代，芜湖江畔的宝塔都已经建成，足以让人辨认出明确的"地点"，地点是由这种相对知识指定的。在明亡之前，主政芜湖榷关的著名文学家王思任（1575—1646），在鹤儿山上游至识舟亭，刻诗留念，可见崇祯四年（1631）"鸠兹北面识舟亭"之景就已存在。在那时，大江的岸线应是在今天远靠后的位置，吉和街一线以东，恐怕才是山与江的交际。只有如此，后来吴敬梓和他的朋友们，才能在"窗下"望见万里连樯；也只有如此，一片荒山上的小亭看得才能真切。

中江塔，也是芜湖现存最有名的两座塔的第二座，尽管有万历四十六年（1618）的波折，在清康熙八年（1669）总算完工落成了。

> 江上芙蓉耸碧空，当天影接水晶宫。龙雷不动千秋古，金石常标一柱雄。势合晴岚回地轴，光腾宝物见神功。帆樯客过从今望，共识题名上国同。
>
> ——张明象《喜中江塔落成》

"帆樯客过从今望"，足证五十年前的万历"始建"终还是虚言，而且芜湖地方志上将中江塔作为吉祥寺一部分的说法，也未见得可靠。这塔真正的历史，应该从望见的这一刻开始，只有这高巍的宝塔真的出现在"江东"开始的地方，自然的秩序才明白添了人的色彩，"江上芙蓉"有了人的移情与想象。离了这座塔，之前的芜湖，或许并不能从大江上分明"看见"。

最容易记住的也正是人的历史。清史中"为文凌厉雄杰"的著名文学家魏禧（1624—1681），曾经在中江塔上题壁，可能是在他四十岁左右由江西去江、淮、吴、浙间时[1]，"万家灯火倚江东，赤县神州此大风"，他延续雁塔题诗的传统，却是因为另外一种心绪不同的痛史："独上浮图高处望，令人空忆沈崑铜"——沈崑铜，也就是沈士柱（？—1659），芜湖人，是魏禧和同时代的大儒黄宗羲（1610—1695）共同的朋友。士柱是复社的成员，与黄宗羲等浙东名士交，是著名的《留都防乱公揭》[2]的联署作者。在明亡后的各种乱离之中，士柱暂免一死，却着古冠大服忠于明朝，秘密反清，但终于在清顺治十四年（1657）被捕，两年后在南京就义。

沈士柱曾经书约黄宗羲来芜共商反清大计，但黄未能赴约。在《思旧录》中，黄宗羲记下了去往芜湖看到中江塔的情景，他写作该书时，魏禧应已去世多年，未知他们是否是同一年去的芜湖。

  寻常有约在芜湖，再上高楼一醉呼。及到芜湖君已死，伸头舱底望浮图。[3]

比起其他数以百计的讴咏芜湖长江景物的古代诗歌，黄宗羲的这一首令人印象尤为深刻。魏禧登塔，而黄宗羲是望塔，"浮图"是南北朝时开始流行的对塔的称呼。他写下的短短的二十八个字，不是抽象的赤县神州或者江东，而是他和沈士柱确有的盟约，是真实

---

1. 1662年开始，魏禧的遗民心态有所转变，"私念闭户自封，不可以广己造人，于是毁形急装，南涉江、淮、东踰吴、浙"。1663年访金陵时，他可能顺访芜湖而有此诗。参见李婵娟《清初明遗民魏禧的生存抉择及心态探微》，载于《江西社会科学》，2008年9期，第152—155页。
2. 崇祯十一年（1638），复社成员起草公揭披露闲居南京的阮大铖的罪状，署名者包括顾宪成之孙顾杲及杨廷枢、黄宗羲、沈士柱等一百四十人。
3. "……因此《思旧录》之作，应在康熙三十一至三十二年之间。"《思旧录考略》，吴光，第109页。

的旅程，是旅程中悲愤的一刻。他的诗宛如一部有情节的微电影，加上真实的画面，即使在想象中都很生动的画面，以至于我们今天读到，恍如有一束光"照见古人"。

假设中的高楼醉呼并不曾发生，因为故人已死久，而且在江船上诗人并不能大声疾呼，只有在沉默中，舱底下，从船篷里"伸头"望江上浮图，欲言还休。也许在他看来，那碧空里的"江上芙蓉"正是好友的化身，是一尊纪念碑。"老僧已死成新塔"，尽管中江塔很可能并不从属于哪一座寺庙，这种寄寓也和建筑样式的最初含义相符。

在明清时期，这一地区属于"太平府"，覆盖"江东"沿江的三个县，由北而南，分别相当于现代的当涂—马鞍山、芜湖和繁昌区域。从宋代改"平南军"地名（因"太平兴国"的年号首二字改称）以来，直到民国撤销此建制，这个地方至少有一千年的时间和"太平"相系，却并不太平。尤其是由元入明，由明入清的王朝更迭，加上太平天国——又一个"太平"——和清军的十年争夺，芜湖至南京的江面就是最激烈的战场。[1]弘光元年（顺治二年，1645），南明皇帝朱由崧，正是在江北四镇之一的芜湖守将靖国公黄得功处，被清军俘获送还南京的，这一场景绝望而惨烈。[2]

---

1. 元朝末年，芜湖曾遭到严重的破坏，这里的居民仅剩八十三家，全县岁纳税粮只有十七石。民国《芜湖县志》，卷五九。
2. 郑达《野史不文》中谈及朱由崧被执的细节：福王被出卖他的原明将领田雄背在背上，黄得功执其两足。福王怨愤痛恨，竟然咬破了田雄的后颈。据说福王就是在赭山山麓被俘的。

在这个时代背景下，有一册《太平山水诗画》[1]（本书中简称《诗画》）忽然在清顺治五年（1648）横空出世，让人颇费思量。在中国古代艺术史上，这部以版刻形式名世的山水画集影响极大，乾隆所刊的《天台十六景图》，也是模仿《诗画》的作品，还有《白岳凝烟》《泛槎图》等，都是参照《诗画》而作的体例相同的山水集册。虽然以前也有潇湘八景，富春山居，恰好是在这个时期，"地方"才变成了绘画史的一个重要线索：首先画家以"地方"聚，画风以"地方"称，"地方"画家多有本地人，其次他们确实画"地方"，也就是"真山水"；再者，绘画表现的手段本身，是独一无二的，因"地方"的特点和人情而发明。萧云从（1596—1673）正是本地人，以"姑孰画派"的领军人物名世，后来，受到萧云从启发的著名艺术家，比如渐江（弘仁），更参与开辟了"黄山画派"，代表人物有石涛，梅清等，影响直至近代画家黄宾虹、刘海粟、张大千、李可染、赖少其，在中国艺术史中名声赫赫。

我感兴趣的不完全是这些画作艺术史的意义，而是它们和我的关系，他画中的"地方"，也是我的"地方"。在43幅《太平山水诗画》之中，当涂15幅，繁昌13幅，芜湖又占14幅。细看它的篇目，你就会发现非常熟悉的名字：

---

1. 这一作品的名称历来有所争议，或称《太平山水图》《太平山水图画》等。笔者认为，在今人看来"图"和"画"或者作为"图画"连称已经存在某种意义的差别，本书的称呼重点不在版本考订，而是地方的文本叙事和广义的地方图像之间的关系问题，乃至"实景山水"（取地方实有之景入画的艺术体裁）与"写实"（针对某一确定原型的艺术再现手法）的关系问题，所以取《诗画》的名称。"画与图"的讨论参见柯律格，《明代的图像与视觉性》，北京大学出版社，2016年，第219—224页。

石人渡图，赭山图，神山时雨图，范萝山图，大小荆山图，灵泽矶图，白马山图，行春圩图，鹤儿山图，东皋梦日亭，吴波亭图，江屿古梅之图，雄观亭图……

　　尤其是《范萝山图》《鹤儿山图》，天哪，这不就是又两张我家旁边的"老照片"？对于不是在北京、上海长大的我，很少有机会被外地人点名"你的老家"云云，更不要说遽然想起童年的街道。第一次在北美的大学图书馆里，看到东亚艺术栏目中那本《太平山水诗画》，本以为又是"别人家的风景"（要不然，怎么会在异乡都有声名？）。翻开书页，这两个小时候就熟悉的地名却意外地映入眼帘，我，简直就像在迪美美术馆发现广济寺塔一样，受宠若惊。

　　萧云从画作的"真实性"，对他的声名同样是如此重要，以至于后世研究他的作品的专著会冠以"实景山水"的名称。[1] 仔细看来却又不是这样，《鹤儿山图》或许可和纽霍夫的画对照，就像吴敬梓的小说中杜少卿的"看法"和西方摄影家的眼光对照，对当代人而言，两者各有各的陌生。在老照片中，荒寂的江滩或许可以勉强辨认地点，但是萧云从画中简略的一切，却无由说"像"还是"不像"——因为它们并不一定是"写生"：一个想要在画中找出自家门牌号码的人，和一个仅仅是试图总结地方山水特征的人，他们会有不同的对于"真实"的需求。或许，江亭和江中的征帆只是依稀应着识舟亭的"天际识舟"，对比苏州狮子林的奇石山径，表达的也是现实中可以登临的一条道路，前者仅仅是使人会意，后者有可能达意致用，

---

1. 何秋言，《萧云从实景山水画研究》，东北师范大学出版社，2018年。

插图17 《太平山水诗画》之《鹤儿山图》
图片来源：萧云从，《太平山水诗画》，上海古籍出版社，2009年

难的是在后一个例子里，指事之物也是"实事"和"实物"的混合，很难说哪种更"真实"。好比纽霍夫的版画中，那个圆柱状的两层物体虽不算塔，但印证了真实旅行中芜湖的实地——显然，荷兰画家只是"见塔"而不会"画塔"，就和贡布里希所说的一样，"辨识"和"追忆"本是两回事。理解了这一层，你也会体谅纽霍夫之塔毗邻的众多亭阁，虽然仅打着"中国"的标签，但它们确实也是荷兰人"真实"所见的空间。

无论如何，这不是我认识的那座鹤儿山，说《鹤儿山图》在求"诗意"的准确可能更"实在"一些。比照图像和文字，画家点出了《儒林外史》中应当说起，却又语焉不详的《识舟亭怀古》的诗意所在，这首诗正贴在识舟亭里主人公一眼瞥到的墙上——"怀古"，怀的什么古？在《诗画》中，"古"可能是差不多每画俱有的古人题诗：

> 人老簪花不自羞，花应羞上老人头。醉归扶路人应笑，十里珠帘半上钩。
>
> ——苏轼《吉祥寺赏牡丹》

"怀古"落实在各个层面。萧云从相信苏轼（1037—1101）所说的吉祥寺，就应该是江边的那一座，也是吴敬梓笔下人物下江船上岸的第一个地点，后世芜湖街政改革的起点；他觉得东坡先生的牡丹应该是在芜湖，而不是一般人心目中的杭州。[1] 他引苏轼的名

---

1. 萧云从题跋中认为前人误解了苏轼写作此诗的场景："……误为武林，何也。"宋熙宁五年（1072）五月二十三日，苏轼时任杭州通判，跟随知州沈立去吉祥寺僧人守璘的花园赏牡丹，因作《吉祥寺赏牡丹》，本事确凿。萧云从此处应该是张冠李戴了。

插图 18 《太平山水诗画》之《范萝山图》
图片来源：萧云从，《太平山水诗画》，上海古籍出版社，2009 年

句，表达了"佳丽"的自古和"潦倒"的当时之间的反差，那是绝好的风景和不妙的运厄之间的反差："吉祥寺倚鹤儿山麓，大江之滨，为楚黄驿地，元丰间坡公过此看花所吟之句，想其地之佳丽，自古然欤。诗意潦倒，足见严谴之慨……"在这个意义上，楼上出望女子（江山"佳丽"的拟人化），路上持花少年，这种画法，至少坐实了古人之"慨"，或许也是苏轼前代人柳永（约987—约1053）的词意："想佳人，妆楼颙望，误几回，天际识归舟。"这种真实的情绪，近于《儒林外史》中一干人，看着"江里的船在楼窗外过去"，听着"船上的定风旗渐渐转动"的兴慨——或许，也是画家本人难以尽道的心绪？

论家或有认为《太平山水诗画》之出色，在于"忠实地记录地域风光景色"，是有"画史"的功能。[1]可是，图上都题以古代名家诗赋，而每幅作品，怕你看不出来，都明白写着借用了前贤画家如王维、关仝、董源、郭熙、夏圭、马远、黄公望、唐寅、沈周……之法，这难道还可以算是"写生"吗？

虽然写着具体的地名，《诗画》同时也具备了一种艺术史"图谱"的意义。在萧云从的同一时代，《诗画》已经被引入日本，所用名之一就是《萧云从画谱》《萧尺木画谱》或《太平山水画帖》。对于不熟悉太平山水的外埠，甚至外邦画家看来，画中的"真实"不在于它和原型的肖似，而在于它和本地实景的依存关系。耐人寻味的是，后者之"实"并不系于眼前，而是关乎如何在想象中参与到对一个"地方"的营造中去，是感情和实物的合一。这种实践，当

---

1. 沙鸥，《萧云从版画研究》，黄山书社，2018年，第133页。

然也包括更大的文化传统,既是绘画语言的,也是文学修辞的,甚至构成一部别样的"画史",包括苏轼这样被强行"拉进来"的外乡人,给本地形胜留下了这样那样的印迹。

向萧云从"定制"这一批《太平山水诗画》的当涂太平府推官张万选,也是一位外乡客,去官之前,"山川绵眇……佳游不再",因此借艺术家之手"撮太平山水之尤胜者"以供卧游之便(《太平山水图·图画小序》)。他对异乡山水的热爱后面,可能有着另一层微妙的心理。[1]张万选家族世代在明朝食禄,亲友中还有人直接参与抗清斗争,他却在江南易主后仅仅两年,力邀"体制外"的萧云从参加他主持的《太平三书》编纂,因有《诗画》——这件事后的动机,还是个没有彻底说破的谜。要知道,萧云从返乡的那一年,他的朋友沈士柱要再过十二年才因反清被杀,在他就义的同一年,郑成功和张煌言曾以台湾、舟山为基地,回溯至芜湖江面并光复太平府。不要说整个抗清大业尚在进行时,就是整个江南也时有反复。也曾是复社成员,从未被推认为"遗民画家"的萧云从,为何会急着在这个时刻去推介"太平山水"?[2]

巧合的是,张万选是山东济南人。和济南有关的一则艺术史轶事,也许是在另一个时空中,从南北相反的方向,阐发了类似的

---

1. 沙鸥,对张万选生平的考据,参见《萧云从版画研究》,黄山书社,2018年,第127—133页。
2. 自称"通家治弟"的张一如在他的序言中多少透露了真实的时代背景,也道出了张万选急于成书的心迹:"……乃今岩云日幻,烟水不恒,刀戟游于磷血,藻绘沉于榛莽,文献式微,谁复指掌?故墟激越陈迹者,得无名胜蹂为瓯脱,良士斥为伧父?若是者,畴昔之风益邈,而畴昔之化亦益邈矣。风之邈人,代之升降为之,化之邈风,教之凌迟为之,公所以悽怆凭吊,网罗放失,高文丽什,博辑严收。当公披图陈帙之顷,山川之灵,寔式凭乎……"——《太平三书·张一如序》。

文化逻辑。艺术史家李铸晋曾经谈到，取材济南附近实景的《鹊华秋色图》，实则是出自吴兴，宦游历城（济南）的赵孟頫（1254—1322）多重意义的思乡：距离之远为一端，原籍，本贯之于出仕、客居之地，是"故乡"相对于"游子"的空间概念，也是传统"城—乡"二元观念的来源之一；另一端，却是借助局外人不易察觉到的意义，间接地获致的。"老"家也是"故"乡，时间本身就可以撩拨起强烈的乡愁，比如《鹊华秋色图》所用的包括青绿山水在内的"高古"技法，本身已经表达了画家在其中的寄寓：题材照应的空间是当下的，而艺术手法指向的意义却是属于过去的。

张万选把这种做法称为"原本古人，自出己意"。我们无从知道，济南人张万选的这种做法是不是有着类似赵孟頫的意绪——身为汉人而为异族统治者服务，两人尴尬的政治境遇至少相似，这种空间—时间的双重错位更清晰可见。有意思的是错位之错，却歪打正着。他给了萧云从一个历史性的机遇，在后者的绘画风格走向成熟之际，用类似的悖反，将这位清初的重要画家推上了他艺术生涯的又一次高峰——萧云从需要平衡的，是本地实景与前贤风格，表意的套式与开放性的阐释之间的关系，对"实景"的强调和"画谱"的定位之间大有出入，让我们看到了两种似乎自相矛盾的"现实"。

张万选的功德又不是偶然的，修订《太平三书》并不完全是他个人心血来潮之举。有两个重要的事实与此相关：首先，自从中世以来，中国已有大规模编撰地方志的传统，"太平府"——如果把它的历史上推到一千年前，从有建制以来，就有络绎不绝的地方图志的谱系，其中最著名的有《太平图经》《太平州图经志》《太平府图经》等，近世以来，强调"左图右史"的图志名称渐渐不闻，但是实质上各种地方

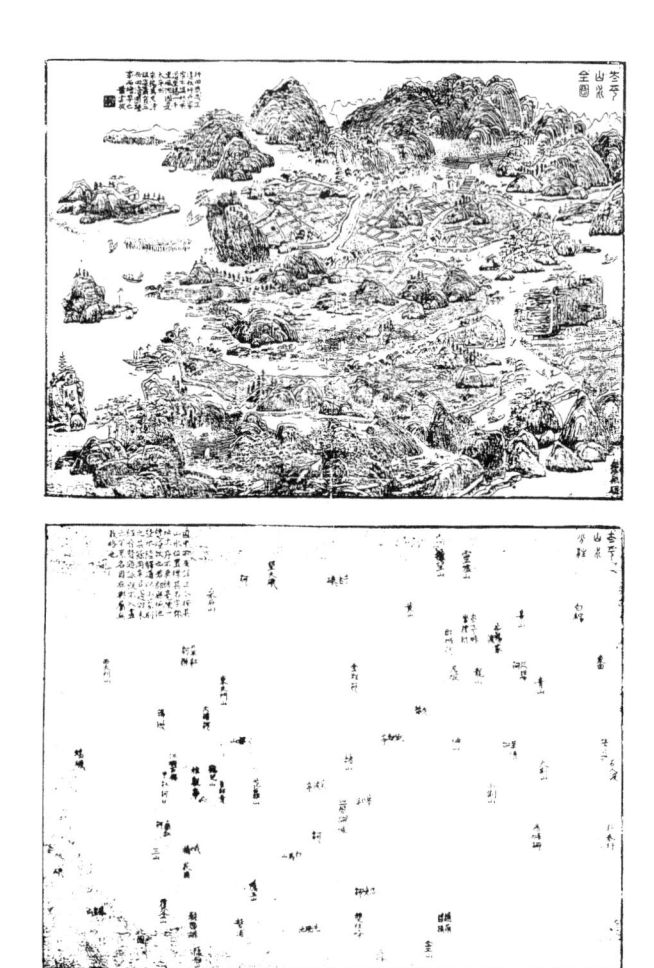

插图 19、20 《太平山水诗画》之《太平山水全图》及《太平山水分注》
图片来源：萧云从，《太平山水诗画》，上海古籍出版社，2009年

视觉图像的颁行和刊印,却在明代中后期达到了一个高潮。[1]

何秋言指出,《诗画》一部分应和了这样的一种时代风气,使它带有了"导游图"的性质,这是晚明已经很普遍的社会风尚的反映。[2] 单幅画面中出现的鹤儿山,又出现在《太平山水全图》和《太平山水分注》之中,类似于大型传统壁画,例如敦煌《五台山图》的做法。在《鹤儿山图》中兀然独立的鹤儿山,在《全图》中出现则是不尽相同的面貌——在极小的方寸之间,景物已经混融,画不下太多的细节,但仍可依稀看见舟、寺、亭和花树,对应着"江屿古梅""雄观江声""鹤儿山""吉祥寺"等景的真实方位,尽管图中水文特点三百余年来已有大不同,"中江河口"这样的"相对知识"很难错认——其中的"江屿"位置,很可能是我们今天仍能看到的关门洲。

画家在描绘单个景物的同时,又将它们的相对关系,细致地体现在同一个画面中,并且一一注明,因此它们既是山水图画又是山水"地图"。在描绘具体景物时,艺术家看重特定绘画风格和地点特征的联系,通过强化的历史风格,反倒间接地突出了山水的"个性";而在描绘区域的时候,艺术家更看重整体山水的"格局"。很难说,一个当地人是否能很快识别出单幅画面中的景物,但它们在现实之中的相对空间方位却是准确的——这多少解释了它在通俗读者中能唤起的另一种"真实感"。

这批作品是张万选的私人定制,未来的"卧游",也就等同于他返回北方之后的"忆往"——"姑孰风光,岂有不在襟带间?"但是

---

1. 颜蕙如,《安徽太平府旧志研究》,安徽大学硕士论文,2019年,第2—6页、24—28页。
2. 何秋言,《萧云从山水画中的地方性实景风格研究——以〈太平山水图〉和〈归寓一元图〉为例》,中央美术学院论文,2008年,第7页。

张万选印行这本画集的初心,是否仅仅是抒发个人寄寓与怀抱?可以确认的是,类似这样和地方志结合的"写实"风景版画不是孤例。例如弘治年间刊印的《吴江志》《石湖志》便属此类,画家—官员—版刻工人的合作关系并非罕见,大多艺术家在这种合作中地位低下,态度消极,或许是因为"……这类和今天的'按图索骥'式的游玩地图近似的风景版画,是不能算真正艺术品的"。[1]但是在作《诗画》原稿时,萧云从积极考虑了以版画刀刻复制画面的可能:画中直硬劲挺的线条,自然不如水墨画原稿的细节来得传神,可是总体上而言,它却便利了原画意图在刻本中传递,面对更广泛的读者。就像日本浮世绘和日本绘画的关系一样,一利于传播,一限于艺术圈子,相比萧云从的其他实景作品比如《归寓一元图》,这部画集产生了远为巨大的影响。

从语焉不详而且容易张冠李戴的"诗",到高度依托惯例,寄托个人意绪的具象"画",再到观览情境要开放得多的"图",太平山水现在有了三张不同的面孔。

如果不是特别的运气,一个小地方不是都有自己的"肖像",无法像我们这样,把好奇心开启的视野一再往前推展。当代的芜湖、当涂、繁昌人如何看待这种地方肖像呢?有了逼真的城市摄影之后,也有了当代文旅产业迫在眉睫的历史再造的任务,有了最起码的地方图像,哪怕是萧云从这种,"似与不似""两幅画找不同"的问题好像也已摆在前面。

但意想不到的第一个争议,并不是关于真实与艺术再现之间关

---

1. 王琦,《中国古代的风景版画》,《美术研究》,1959年4期,第30—38页。

系的问题的。太平府，如我们上面而言，可以是芜湖、当涂、繁昌这三地中的任何一个，在古代的交通条件下，三地并不算近；在现代，当涂和繁昌属于两个不同的城市。

问题来了，萧云从到底应该算是哪里人？

毕竟，这是《太平山水诗画》，不是芜湖诗画。可是，白马非马，芜湖不等于太平，太平又是哪里呢？

莫问桑田事,但看桑落洲。
数家新住处,昔日大江流。
古岸崩欲尽,平沙长未修。
想应百年后,人世更悠悠。

——胡玢《庐山桑落洲》

我喜欢《英国史》。我有好多卷,但是我只读过第一卷。即使第一卷我也只读四章中的前三章。我的目标是读还没有写出来的第零章。这是一种不寻常的想法,它让一个人寻找不寻常的事情。带着这样的认识,他思考的是思想起源本身的问题。

——路易斯·康

第三章 / 诗和地方：不确定的回忆

北至當塗

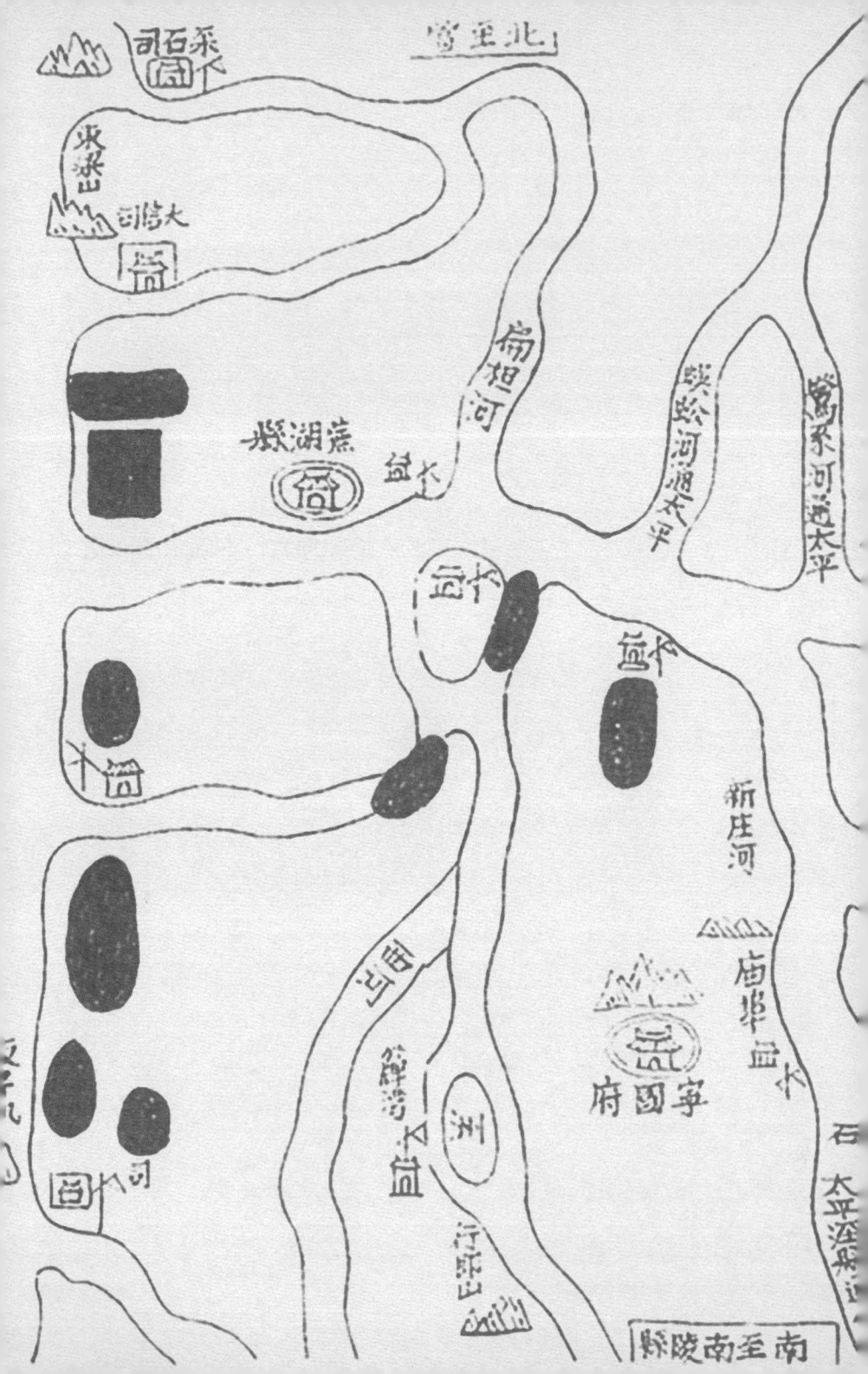

采石司
松山
采石山
大信司
蕪湖縣
扁擔河
大信
峽跡河道太平
蜀水河道太平
大信
新庄河
廟華山
寧國府
大信司
大信
宙河
蟹灣
洲
山行朋
石
太平溪采
南至南陵縣

乡关何处

据说,萧云从至少是葬在了芜湖,埋骨于和鹤儿山紧邻的范罗山麓,他画中的风景里。先前上小学时,我几乎每天都在这里蹦蹦跳跳地玩耍。

萧云从到底是当涂人,还是芜湖人?[1]这个在我看起来不是问题的问题,可能隔壁马鞍山市的学者意见最大,因为当涂现在已经是马鞍山市的治下了。最早,并不存在马鞍山这个地名,"钢城"位于南京的边缘,显然是个现代工业发展的产物;当涂[2],原本

---

1. 参见陈传席《关于萧云从的乡籍问题》,《萧云从版画》,河南大学出版社,2007年,第3—7页。
2. 当涂是东晋的侨郡,地名源于北方涂山。早期到达中国的西方人沿长江航行时,常常分辨不清太平、当涂和芜湖的关系。"当月4日我们在距离芜湖90斯塔德之处发现了当涂(Teytong)首府,它位于江(Kiang)心一座岛上,废败程度堪比前述诸城,有人称之为丹阳(Tanyan),亦有人称其为太平府(Taiping)。那里虽为丘陵地带,土地却盛产各种谷物水果"。Jean Nieuhoff, *The Embassy of the Dutch East India Company to the Emperor of China, or the Great Cam of Tartary*; Leiden, J. De Meurs, 1665, 第130页, 感谢罗浠提供译文。

是一个历史更加悠久的地方,是基于北方地名侨置的六朝名邑,太平府多年的府治,现在它只是该市南部与芜湖接壤的一个县罢了。

就像李克农本是江对岸的巢县人,但却在芜湖出生并成长,从而对这里有很深的感情。萧云从出生在当涂,在芜湖居住了多年并且葬在此地。把他归于"当涂画家"或是"芜湖画家"又有什么大的差别呢?[1]不可否认这里面肯定有现下各地方争夺"旅游资源"的兴趣,要知道,因为萧云从在某间房子住过,在芜湖都有了整条"萧家巷"……在和具体的人和事联系起来之前,"地方"难免抽象,一个人自诩的故乡——"九州""江南""内地"……究竟落在哪个地址,对于上个百年的中国历史确实是件大事,围绕着精确判定"地方"的疑云,往往决定了我们是怎么看待"自己"的,如果没有这种精细的计较,很多"之前"就无从谈起,比如萧云从执其牛耳的"姑孰画派"——它到底是怎么来的?不像好歹有明确行政区划的太平,因一条"姑孰溪"而名的姑孰并没有确切所指,"姑孰","大概"是一个从采石矶到芜湖县城之间的古地名吧——可是,连"姑孰"的确切所在都不知道,我们怎么好定义"姑孰画派"呢?

我们最好上溯百年,找到那些自称为"姑孰画家"的人问一问——但是有可能他们也不知道,这种虚托一个并不绝对的名目而成形的事物,在文化史上并不罕见,像"拉斐尔前派""客家人""南京布"……但是有些事情又是非常实际的,和每一个人有关,并非虚言。一切,都导向一个隐秘却又常见的事实:故乡是实在的,但在

---

1. 清代规定外地人要在一地置有田地房屋和先人坟茔,二十年以上才能入籍成为土著。也有一些人比如黄钺五世落户芜湖,依然以当涂为籍贯。参见芜湖市政协学习和文史资料委员会等编《芜湖通史》,黄山书社,2001年,第158—159页。

"历史"中，故乡其实并不一直都以我们定义的方式存在，至少这个叫作"芜湖"的所在，在过去并没有一成不变的"容器"——甚至它的母体"安徽"，也只是在清代中叶，直到所谓的"江南省"，彻底分裂为"安徽"和"江苏"的一刻，也才将将独立存在。

安徽省名来自它辖下的两座城市——安庆和徽州。显然，这两座偏在该省南部的、晚近得多的城市，无法代表这个区域的悠久历史。但是如果真的把"安徽名人"扩大到庄子（据说故乡是现在的蒙城）、老子（据说是涡阳人），又让人啼笑皆非了。[1] 一些历史上曾经名声赫赫的地方，在沉浮之中却衰落了，最后连个名称都没留下，比如云中、常山、汝南、琅琊、月港……比起它们而言，近代才异军突起的芜湖又算是幸运的。

"百里芜湖县，封侯自汉朝"，实际上，仔细分析汉代就有的芜湖地名，和我熟悉的江边城市，并不是同一个"芜湖"。用一个相对年轻的现代地名，去统领历史悠久的古代地名，往往就会出现这样的尴尬。实际上这种行政原因形成的地方"容器"和它的内容的矛盾，早在古代就已经开始了。在《乾隆府厅州县图志》中，洪亮吉对比同在太平府内的当涂、芜湖和繁昌，"当涂县：冲、繁、郭下。芜湖县：冲、繁、难。繁昌：简"——三者是不一样的，当涂和芜湖都是要"冲"，当涂靠近区域中心南京，芜湖加了和繁昌相对的

---

1. 皖北和皖南的地理风俗差异如此之大，以至于安徽更多是作为一个政治和行政概念而成立，而且直至1667年才正式形成。在此之前，芜湖属于广义的江南地区，并且都是作为郡、府下面的县至镇而存在。今天看待作为安徽省最重要的经济城市芜湖和它周边地区的历史，就出现了"（历史上的）以小领大"的不对称关系。

"难","政务繁剧已经超过府级政区所在地"。[1]

谈到其他历史城市的理由,可能仅仅是因为它们古老的外表、著名的遗迹。在涉及故乡的时候,冲突的空间却立即成了一个问题:一个人有足够的理由恋慕养育他的土地,但是,这种感情要升格为"悠久",外部世界化身为"自我"稳定的一部分,必须有个明确的所指。一旦超越短暂的生命向前追索,便有了"我们从哪里来?"的困惑,或者说断裂的主体和连续的客观的沟壑——前者是有限的,有明晰的边界,而后者因为在持续变化之中,反而难以"定义",我们来处的"我们",是否还是真正的"我们"?

在中国传统中,"故乡"也有可能纯属政治需求,而非基于血缘,例如对于中古中国的高门大姓而言,洛阳处"天下之中",是很多人理想中的"故乡",以至于光耀的原籍会跟随一个家族很久,不好的出身却被弃之如敝屣。唐《元海元会等造像记》云:"诸元皆洛阳人,今云因生此州,或是父母宦游邻土,生长于斯,非必土著也……"但是今天看来,一个人的本贯,他喜欢不喜欢的家族发源地,和赖以养育他的地方并不一定有什么关系,它除了政治血缘的属性还有认同的问题。

实际的成长生活之所以代替了一个人的老家,显示着他在特定的社会语境转换中有了迁徙的自由。一旦他完全脱离了原有的"那个村"的记忆,只有他如今具体生活的房屋、街道和风景对他才有切实的意义了,对他和他的子孙而言,再寻求实在的生命经验和空间体验之外的"故乡",就变成了一笔糊涂账。

---

[1]《芜湖通史》,芜湖市政协学习和文史资料委员会等编,黄山书社,2011年,第157页。

作为一个不那么有名也不太有历史的所在,现代人心目中的芜湖,它的官方历史很大程度上也是以刻舟求剑的方式"倒推"甚至重新"发明"出来的,就像"老子生在安徽""庄子生在安徽"的推论一样。作为一个近代商埠,芜湖面临着三重主要的尴尬:其一,在现代文明和行政区域重组拼合起一座真正意义的"城市"之前,今日芜湖所辖的地区(甚至包括一部分长江北岸的区域)之间并没有天然的聚合力;其二,芜湖在历史上并不是这个区域持续而稳定的中心治所,由于长江和水道的存在,在近代史上它更多的是沿着运输干路(长江—青弋江)和主要港口相联系,而不是遵循一般的区域邻里扩展模式,因此也谈不上太强的"中心";其三,芜湖相对短暂和没那么可观的筑城史,使得传统城市的物理容器常付之阙如。

　　对于中国这样一个地理纷杂的大国家而言,这个问题非同小可。今天的总体规划在强调一个地方形式上的重心和构成时,往往忽视了不同时期、不同地方对于区域结构的不同理解。规划的起点往往是均一的、无差别的空间和土地。[1] 在真实的历史中,地方志中的县域和县城的关系,类似于现代的政区和市区的关系,区别在于县城是封闭的、孤立的但有明确范围的空间领域,县域更强调其内部相对的空间关系而不大重视它的准确面积与形状。这是明代成书的《芜关榷志》中所呈现的,由"鱼鳞图册"一类传统发展来的区域

---

1. 从着眼"发展"的中国现代主义城市观看来,市域和市区之间的这种差别和割裂是不可取的。在1992年北京大学帮助芜湖市起草的城镇体系规划方案中,芜湖城镇化水平的现状由"人口分布不均匀,文化素质的整体水平不高,农村劳动力现状"几个方面组成。——芜湖市规划设计研究院,《芜湖市城镇体系规划1992—2010年(说明书)》,北京大学城市规划研究中心,1992年,第28—29页。

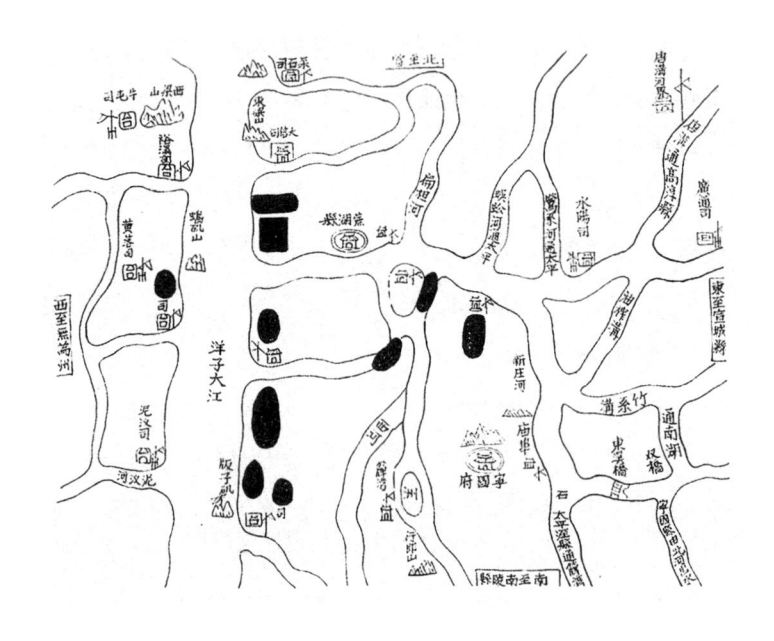

插图 21 《芜关榷志》附图
图片来源：刘洪谟、王廷元，《芜关榷志》，黄山书社，2006 年

图像,也解释了这样的现象:在过去,一个人大致知道他是哪里人,但他实际的生活经验只会指向特定的、具体的空间。后者的生动也许和前者的混沌迥然有别。

在中古世界,大部分欧洲城市乃至阿拉伯城市,都是从这种混沌中"显影"出清晰。伊本(Ibn Khaldum),马格里布的历史学家和哲学家,把阿勒颇这样的城市和它周边地区的关系比喻成水和结晶的关系。然而长江边的近代城市显然不尽如此,这种风帆吹拂下的空间经验,一部分是在西方人的海洋文明启发下产生的新变化。英国殖民者19世纪在印度所进行的三角形测量,意在获得土地的基础战略数据,从而获得对于它的总体控制。他们既没有兴趣也无能力真正覆盖整个印度,或者去耐心了解它应有的地理和文化结构。这种思路,是灵活的军事战略向着动态的治理之术的一种延伸,也是战线同样过长的罗马帝国实施过的某种"弱管理"。

地方历史本身也潜藏了类似的智慧。无论是在长江上往来的吴敬梓和他笔下的人物,还是至少游历过太平府内风景的萧云从,看见宝塔、江亭的黄宗羲、王思任……他们认知的"地方"是不同的。对更广阔的"地方",更生动的区域空间的界定,牵涉到现代规划师该如何理解今古概念的差异,以及如何理解地区差异。事实上,大多数古代地名都是指广阔的"地区"而非狭小的"城区",后者可能千篇一律,但前者南北有别,对于"都会"的无条件推崇,尤其是把特定的"城市"空间形态和"地方"联系在一起是一种现代才有的现象。"地方"不等于"城市",现代人在谈论"城市"的时候,即使像我一样聚焦于一条街道,也不应忘记"城市"和它依托的风景的表里。

对于艺术家萧云从而言，这个问题至关重要。也许，他会自认寄身他心目中的"太平山水"，而不特别地属于哪一座城邑。

这也难怪。传统中国的行政系统并不从空间意象上区分"城—乡"，以至于我们今日刻舟求剑，以为今天的"城"还是过去的"城"，以至于把这样的"城"混同于"故乡"。风景向城市的逆袭，或说古代地方与城市的同构可能表现在两个方面：其一，"乡"也可能是城市，行政上与其平行或重叠，例如隋唐长安城，以朱雀大街为界分别由长安和万年两县管辖，两县管辖的范围既包括城内也包括城外；其二，在过去，"城—乡"在面貌上并没有显著的区分，城市里面可以有乡野景色，而城外的某些大型聚落虽然处于乡村，但和城内的里坊并没有实质的差别，比如长安大族聚居的韦曲、杜曲。现代政区和市区的区域和空间结构，就是遵循完全不同的原则，黑是黑，白是白。近代历史决定了芜湖"市"偏在芜湖地区的最北边，它对整个芜湖地方的统领遵循的是行政和管理优先的层级，过去城市和郊野的感性联系消失了。在这里，"区域"更像是一种自上而下的抽象体系的总称，可见的"市区"带动着看不见的广大"地方"，已有的空间结构，不管有没有道理，是否适应变化的形势，又往往影响着新的空间规则的制定。

由此产生的具有现实意义的问题——假如今天的城市（或者乡村）建设，多少正向一种未及定义的"传统"回归，我们究竟需要回归到什么"样"的"故"乡？

显然，我们得首先明确，这种假设的回归是不存在的，因为改变了特定时代或空间的前提也就取消了这种图像。我们企图得到的过去时代城市的图像，比如在《太平山水诗画》里看到芜湖的江滨，就仿佛射电望远镜"望见"数十万光年距离外的星球，它们其实是属于"过去"的图像，不能卒读。一种文化突然跨越到另一种文化的空间距离，也约等同于它们之间历史的距离。

这种难免错认的回归，决定了当代人将对中国传统"乡土"的眷慕强加在改变的现实上，忽略了它们之间实际的沟壑——"过去即异邦"。宋元以来，城市的地方志常厚达百十卷、上千页，据此不难建立起一个包括地理格局到风物景观的完整谱系，但其中并不包括"城—乡"的精确区分，据此无论是建设新农村还是指导当代城市都无实凭。晚清至民国地方志中有相当一部分"乡土志"，笼统地把一个地方的城市与乡村合称"乡土"。直到20世纪末叶，老一辈的文化学者依然执拗地赋予北京这样的大城市"乡土"的传统，并且相信"土"的永远不会变"洋"。[1]另一方面，闯入者贬抑"城市"而称颂埋藏着中国古老过去的"乡村"，其实是他们对于中国空间范式毫无头绪，于是喜欢异国风情的西洋"眼光"略过破敝不堪的城市现实，赋予似乎无始无终的乡村更高尚的地位，暗示着一种新的西方人居观念将在中国人的乡愁中暗度陈仓。[2]

对于今日乡村建设的热情，很大程度上来自对现代化之前理想社会的乡愁，但是"故"乡并不一定就在我们眼中的"乡村"。20世

---

1. 1905年（光绪三十一年）清政府颁布的《奏定〈乡土志〉例目》规定："乡土凡分为四：曰府，自治之地，所辖之州县不与焉。曰直隶州，自治之地，所辖之州县不与焉。曰州、曰县，今于四者，均name曰本境。"既以"本境分为若干区，或名为乡，或名为村，或名为团，或名为里，各就其旧称记之"。也问及"城内区内有何古迹，祠、庙、坊、表、桥梁、市镇、学堂？"——参见邓云乡《燕京乡土记》，上海文化出版社，1985年，第5页。
2. 参见唐克扬，《从废园到燕园》，生活·读书·新知三联书店，2009年，第18—26页。

纪以来，后者的图像在中国人心目中发生了极大的变化。[1]在当代中国，"故乡"是逝去（"故"）的"城—乡"之"乡"（传统"原"乡），也同时是今日对于理想中人居环境的乡愁（"家园"）。追索"故"乡或是在现实中安顿"家园"，不可避免地都会回到旧有的人居环境和现代文明的冲突之中。不管是几乎无条件地推崇前者，或者在它面前感到茫无头绪，都印证了后者为我们带来的巨大改变。"故乡"这个词本身就已经暗示着空间—时间双重"疏离"的意味，"故乡"也即是"故"乡。通常我们会同意乡村是城市（figure）的"图底"（ground），这是空间意义上二者不言而喻的分离，但是显然，"故"乡的概念确立中同样包含了时间的因素，正是由于社会历史的演进，乡村才从文明的中心舞台上退到了背景之中。

按照传统的说法，我的"原籍"并不是出生地芜湖而是安徽肥东某"乡镇"，也是大多数中国人标准的"老家"，即宗族"祠堂"所在，由于血缘关系而建立起来的这种底层社会组织，是当代"乡村建设"所倚重的重要结构。[2]但是，在长江沿岸重要的商贸港口，流动人口占极大比例的芜湖，我的父母都是外来移民，他们甚至从来都没有回过"原籍"，更无从知道它的模样，传统的"城—乡"邻

---

1. 英文研究中差堪比拟的一类现象是"离散"（diaspora）。这类现象中存在着"原有"的种族起源（故乡）和"现居地"（散居地）之间的空间上"小"和"大"的关系，也暗示着（犹太民族的）一种强烈的历史叙事。
2. 长久以来，人们已经意识到"城—乡"模式的文化间差异，比如在《中华帝国晚期的城市》的编者施坚雅（G. William Skinner）等人看来，中国的"城—乡"之间并不存在显著的差别，而且"乡"和"城"的观念存在着一定联系——马克斯·韦伯注意到"中国城市居民在法律上属于他的家庭和原籍村庄"。参见卢汉超《美国的中国城市史研究》，《清华大学学报》（哲学社会科学版），2008年第1期。

里层级在此发生了断裂。如果说，我父母那代人这种"背井离乡"的状况尚属偶然，那么其对于20世纪70年代出生的我们这代人则已经是普遍情形。"背井离乡"是农业社会结构重组的必然结果，"城市居所—农村原籍"，更感性的"老家"模式，今天被替换成了"城市A现居所—城市B出生地"的抽象的新"故乡"概念。

在今天的社会制度中，城市人和他们原居住地的土地之间，往往既没有法律关系也没有经验的联系，"故"乡的意义因此进一步淡漠了。不用说，"故乡"所依据的城—乡空间本身发生了巨大的变化，人和土地的二维关系首先是被置换成了城市中抽象又不免枯燥的物权概念——"我买了75平方米"。随之，静态的使用权结构，又被新的三维空间构成打乱了——"我的75平方米在你的上面三层"。

外祖母家的"临江巷7号"，是我在6岁至17岁间（1979—1990）长期居住的所在，就在短短的近二十年城市开发进程中，这一地址居然已经彻底从地图上消失了，传统的里巷成了新的复合型"空中社区"或"零存整取"式的开发。回迁的居民很大一部分并非原址居民，即使那些原地安置的老住户，他们的住地和原址也难以精确地对应，更不用说复原原有的邻里关系，因为整个居住的结构都被颠覆重来了——乡村的巨变形式不同，但是性质类似。这是一种颇为奇特的21世纪中国现象。

还是那个问题：除了其中的个人意绪，计较"故"乡的意义又是什么呢？如果搁置了萧云从的本贯，我们再去看《太平山水诗画》中的具体"地方"，城市山水"肖像"的后面又是什么呢？

1984年10月11日，在重刊1947年出版的《乡土中国》一书时，费孝通明确地指出：

> 这里讲的乡土中国，并不是具体的中国社会的素描，而是包含在具体的中国基层传统社会里的一种特具的体系，支配着社会生活的各个方面。它并不排斥其他体系同样影响着中国的社会，那些影响同样可以在中国的基层社会里发生作用。搞清楚我所谓乡土社会这个概念，就可以帮助我们去理解具体的中国社会。[1]

社会学家费孝通在此书中提出的"乡土"并不等同于地理学意义上的"乡村"，而是现代政治经济学的某种概念，就仿佛"上层建筑""经济基础"所借用的粗放的空间譬喻——"概念在这个意义上，（只）是我们认识事物的工具"。1947年写作这本书时，费孝通没有更详细具体地说明，他或许也不需要说明，"底层—顶层"关系的恰当比喻或许是细胞之于血脉，或是沙子水泥之于混凝土，而不是不同楼层的"基层—顶层"。最后一个概念原本是西方建筑学的发明。

我发现，一切变化本不抽象，变化是从小城的殖民地建筑替代荒江风景开始。变化首先是现代建筑秩序对于眼睛的征服，敏感于西方建筑学内含的形态学，令清晰的城市压倒了含混的山水，一种非此即彼的两分法，让原本有机的"乡土"慢慢成了和城市对立并彼此脱离的范畴。"城—乡"关系，或者城市与地方的关系，演化

---

1. 费孝通，《乡土中国》重刊前言，生活·读书·新知三联书店，1984年。着重号为作者所加。

出了"基层—顶层"黑白分明的图底——社会学意义上的"顶层"和"底层"实则是一体两说,是细胞之于血脉。今天提出的"城乡规划"却是城市—镇—乡—村庄的金字塔营造体系。[1]在这个时刻,"城—乡"的疏离已经成了不可逆转的现实。

值得注意的是,文化属性上的"城—乡"分离,却对应着笛卡尔哲学的理念,将"城—乡"在空间指标上最终统一起来,成为今日"城乡一体化"的理论基础,这恰恰和"城—乡"两分对立的情形构成某种表面上的矛盾。例如,2007年颁布的新版《中华人民共和国城乡规划法》和《中华人民共和国物权法》,强调了城乡之间的"统筹",也就是在空间上达到城乡规划的"一盘棋",在理想的状态下,中国未来的城乡区域发展将可以进行系统调控和层级的平滑定义,不再有行政体制的人为分割。按照《规划法》制定者的愿景,这种"平等对待"将进一步促进"城乡一体化"的进程——正如同美国规划历史上有名的"六英里法"或者英国人测量印度的"三角形法"一样,将一种人为的逻辑不加区别地适用于不同的人类生存环境,意味着直观的和相对的古典世界让位于抽象的和绝对的现代思想。

表面上看,高效率的"现代"是无往不利的,我们缺乏,也没有更多时间对此有所反思。毕竟,当蒸汽轮船驶入长江时,吴敬梓笔下的旅客有了更多的便利,江上源源而来的洋货、土货以及因此

---

[1] "城乡一体化"在英文写作中并无严格对应的概念,很可能是一种中国特色。参见陈光庭《城乡一体化——中国特色的城镇化道路》,《中国特色北京特点城市发展研讨会专辑》,2007年。

而来的新生活,也是因"变"而得其"利",没人敢置疑这种变化,在江轮中题诗的北方来客,至多只是感慨这种"变""利"落入了谁人之手。

但是缺乏反思,就会在长时间的尺度上落入新的陷阱,狂热盲目的变化遏制了更多的变化。企图将一个地方人为区划成这样那样的"分工",自己也难免被占据更优势地位的上游地方所"区划"归类——在这种机械的区划和分工体系之中,总有一些被冷落、遭牵制。长期以来,受到周边区域重心的牵制,偏离了重点"发展"的枢纽,很多地方虽然近在咫尺,从芜湖去往却变得不那么方便。新的机场,高速铁路都没有优先选址在这座城市。相对于其他更新的现代工具的快捷,芜湖和它沿着江水相邻的"伙伴"们的联系,远不像以往那般具有优势。

长江上的航运无可挽回地衰落了……萧云从、吴敬梓们现在都属于不同的"地方"。一种把区域联系在一起的生动经验丧失了,人们已经慢慢遗忘了更久远的过去。

从建康以下

终于,南京—芜湖的高铁在2014年通车了。从我记事起到去北方上学的那段日子里,到达或离开芜湖都没有与它地理位置相称的便利。因为出/入干线上的南京去外地,从外地抵达或是离开支线上的芜湖,始终需要额外再转一次车,尽管最近距离只有98公里,宁芜铁路也早在民国时期通车,我们却从未接入全国网络,始终无法有乘坐直达车到达北京的便利,就像过去顺流而下或沿江上溯至上海/汉口那样。如果你试图沿着江苏、安徽两省规制不一的公路换乘,就难免在途中被"卖到"不同省的黑心车公司,或者堵在南京城边出/入城的高峰车流中。

另一方面,这拦不住今天人们将南京戏谑地称为"徽京"。安徽的省会合肥,尽管是我的老家,在文化上却与江南相去甚远,而且直至最近,由于长江的阻隔,这两座隶属于本省的老大老二城市,很长时间都没有火车直通。相形之下，南京一直就是芜湖人心目中的另一个上海，不仅因为两座城市历史上的亲缘，也是因为它们事实上的接近——无论是空间距离、生活方式、自然风景还是方言俚语。历经多少浩劫与沧桑，南京依然有着自六朝以来积累的文化底蕴，令人悠然神往。

或许因为这种魅力，在吴敬梓的小说中，从芜湖到南京之间的江船扮演着一个神奇的空间转换器的角色。两座城市也许有着时代发展的共通之处，牛布衣、杜少卿等人的际遇，却在两种完全不同的设定中来回切换，如同商伟所看到的那样：

> 《儒林外史》中的世界是粗俗和缺乏品位的；它充斥着荒诞与矛盾，与具有高度内在同一性的诗的境界格格不入。在生活中坚持这一诗意理念的纯粹性就势必会引发悲剧性的冲突，甚至招致挫败。为了避免这样的结果，抒情主体不得不要么从外部世界退出，要么通过将自身视为客体——一个近乎自我沉溺的选择——来创造出一个它的自在自足的瞬时幻觉……[1]

南京对于芜湖是扮演了这样的一个"异托邦"的角色。但倒过来，芜湖显然不是，它仅仅是一个新近崛起的城镇，主人公不得不从此经过，但是它嘈杂无序的市街，远不能担任这种心灵救赎的任务，还是一群外乡人偶遇在这里，才使得城市边缘的荒江风景，好

---

[1] 商伟著，严蓓雯译，《礼与十八世纪的文化转折：〈儒林外史〉研究》，生活·读书·新知三联书店，2012年，第399页。

不容易有了些这城市短缺的诗意——但是，诗意又恰好是对芜湖自身主要特征的一种否定。最终他们不得不一次次离开此地，去往一个像南京那样更强有力的地域中心，更能吸引他们流连的所在。

这并不等同于今天人们所说的地域歧视，恰好相反，它是一种有意而为的地域叙事。吴敬梓本人就是从安徽出走，然后客居在金陵的，他的故乡也不见得就咋的，即使名城杭州也"充斥着俗人、伪君子和冒牌货"，只有南京，这个具有历史深度散发着"六朝烟水气"的城市，才是诗人最终的选择。[1] "抒情主体不得不……从外部世界退出……将自身视为客体……"从尘俗中跳脱的长江上的旅行，正是南京魅力的来源，南京是一次又一次这样的旅行的目的地，它永远在时光旅行的"到达"之中，滔滔奔流的长江是南京的抒情得以可能的终极动力。

我常在想，如此"地方"所依托的景观是怎么形成的，肯定不仅仅是当代的一般景观公司能够"设计"出来的，就像今天岸边的那些木头椅子、花式路灯，或是浓妆艳抹般的鲜花草坪。它理应具有本地文化的深沉，但又没法直接从《太平山水诗画》中拷贝，它显然远比制式的西洋景观小品阔大，但是它又不只是仿古多宝阁里修过了图，只能观赏无法代入的"自然"。

"天门中断楚江开，碧水东流至此回"，李白这首著名的诗歌，尽管又有当涂—芜湖的归属地争议，我们仍愿把它说成是……长

---

1. 商伟著，严蓓雯译，《礼与十八世纪的文化转折：〈儒林外史〉研究》，生活·读书·新知三联书店，2012年，第390页。

江"在芜湖境内"流经的……东西天门山。确实，只有这段江山，才堪当南京的上游门户，就像伊水上卫护洛阳的龙门。历史上，危峙在江岸边的这两座石山，是江南难得的雄奇名山，即使在萧云从拟古的笔下，它们看起来也恰如现实里一般壮丽。三国、六朝的英雄故事，时常以漫天的樯橹席卷过"天门"间的场面开始——当然，很多悲剧也在这种场面中结束："王楼船下益州，金陵王气黯然收。"《读史方舆纪要》如是说：

> 梁山……夹江对峙，如门之辟，亦曰天门山……两山岸江，相望数里，为大江之关要。晋人伐吴……吴主遣将军张象帅舟师万人，御之于梁山……东晋时，王敦作乱及桓温专命……说者曰：夺梁山之险也。宋元嘉二十七年，北魏主焘军瓜埠……宋……则保据梁山……孝建元年，江州刺史臧质以南郡王义宣叛，宋主命柳元帅、王玄谟率诸将讨之，进据梁山洲……齐建元初，魏人入寇司、豫二州……诏于梁山置二军……永元元年，陈显达举兵江州，东昏侯使将军胡松等拒之于梁山。梁敬帝初……霸先遣将侯安都等帅舟师立栅于梁山以备之……唐武德七年，辅公……仍于梁山连铁锁，断江路，筑却月城，延袤十余里……宋南渡后，置寨于此。绍兴三十一年，金亮南侵，至和州，以梁山泺水浅，议改舟以渡……李白《梁山铭》曰：梁山博望，关扃楚滨；夹据洪流，实为要津；天险之地，无德匪亲。守建康者，西偏津要，梁山其最矣。

江山之险固不是没有原因，江上往来本来就同时意味着便利和风险。沿着长江和其他水岸，六朝的诗人们对于行程中的风波之怒尤其敏感，诚如鲍照在芜湖以南的望江境内所看到的：

> 吾自发寒雨，全行日少，加秋潦浩汗，山溪猥至，渡溯无边，险径游历，栈石星饭，结荷水宿，旅客贫辛，波路壮阔……回江永指，长波天合。滔滔何穷，漫漫安竭！创古迄今，舳舻相接……夕景欲沈，晓雾将合，孤鹤寒啸，游鸿远吟，樵苏一叹，舟子再泣……[1]

从江上旅途"看见"的芜湖，重点确乎是"风景"。问题是，现存的城市"风景"遗迹似乎并不是通常认知的历史的合适载体；折戟沉沙的兴慨，江湖险恶的前人诗句，并不能让我们感受到更早的历史。建筑无存，无论是"小乔墓"还是"周瑜点将台"，都是后人的附会，甚至大名鼎鼎的吉祥寺也只剩下地址了，只有"芜湖八景"理论上还存在，包括"赭塔晴岚、荆山寒壁、玩鞭春色、吴波秋月、镜湖细柳、雄观江声、蛟矶烟浪、白马洞天"等。在本书的开始篇章，我们只是谈到过八景中的"赭塔晴岚"（因为广济寺塔）、"镜湖细柳"（因为李鸿章公园）、"雄观江声"（因为和我家和小学的近距离），这些景物，都是在离开老城有些距离的地方。

能够代表芜湖更久远历史的，显然不是通商口岸时期仓促地建立起来的街道和建筑，不是城垣都已经不存在的明城，当然也不是连城址都不知所终的宋城——更不是绵延至今的"芜湖八景"。但

---

1. [南宋] 鲍照：《登大雷岸与妹书》。

是，我们也面临着上面所讲到的归属地问题。首先，这些景物并不一定曾同属于一个"芜湖"，李白的《天门山》，一直也算作了当涂地方的光荣。其次，"风景"一直是在持续变化之中的，那些在大江上怀古的人，其实看到的已经断然不是昨日的江水，而今天的芜湖八景，已经不可能是近代《芜湖县志》所说的宋代八景了。真真假假，黄庭坚读书的传说，乃至《推背图》的作者李淳风葬在芜湖……一代一代的芜湖过客，只是执着地在传说上涂抹更多的传说。地方志颇有"论定"的功能：元代史学家欧阳玄在芜湖任县令期间，就是如此将"八景"正式"镌刻"在《太平府志》之中。他将传说写进史册，并使其成为"地方"牢固的一部分。

但是另一方面，持续生长的风景，确乎又是具有中国特色的历史感的来源，这是一种奇怪的但又普遍的矛盾：变化的才保有了已经逝去的，使之长存——"城春草木深"。

八景之中，"玩鞭春色"是难得既和正史有关又能够留存至今的名目，它本身就是关于一段惊险的旅途，不仅是芜湖，而恰恰是"从南京到芜湖"。东晋权臣王敦"怒形蜂目"，出身琅琊王氏，在西晋时期就已官至扬州刺史，永嘉之乱后，他盘踞长江中上游，统辖州郡，自收贡赋。王敦移镇姑孰后逼近建康，晋明帝在不远处筹划讨伐，于是一日"微服至芜湖，察其营垒……"

《晋书》卷六《明帝纪》中详细记载了这生动的旅途，双方你来我往：

> 六月，敦将举兵内向，帝密知之，乃乘巴滇骏马微行，至于湖，阴察敦营垒而出。有军士疑帝非常人。又敦正昼寝，梦

日环其城，惊起曰："此必黄须鲜卑奴来也。"帝母荀氏，燕代人，帝状类外氏，须黄，敦故谓帝云。于是使五骑物色追帝。帝亦驰去，马有遗粪，辄以水灌之。见逆旅卖食妪，以七宝鞭与之，曰："后有骑来，可以此示也。"俄而追者至，问妪。妪曰："去已远矣。"因以鞭示之。五骑传玩，稽留遂久。又见马粪冷，以为信远而止不追。帝仅而获免。

故事应当有凭有据——这可是"正史"。《世说新语》之中，还有一个更加生动的版本，只是"巴滇骏马"作"巴宾马"，"七宝鞭"换成了"金马鞭"。但是眼前之景，则是另外一回事了——据《芜湖县志》，"玩鞭春色"中的主要建筑，玩鞭亭和梦日亭，是北宋元丰七年（1084）芜湖东门承天院方丈蕴湘主持兴建的（苏轼就是因为他到了芜湖），这时候距离晋明帝和王敦的时代已经过去了七百多年，晋代的"王敦城"军垒或许尚见遗址，但鞭和人都已经踪影皆无。黄庭坚咏道，"至今亭竹根延蔓，尚想当年七宝鞭"，诗人所咏，只是一种漫无边际的基于（竹、鞭）"相似"的联想：因为太过生动，历史听起来是神话。

这漫飞的联想却是中国传统：没有不易之建构，没有永恒的人事，但有绵延不绝的江山和风景。故事中或许也隐藏着一种意味深长的象征，分别对应三组不同的人物（晋明帝、老妪、王敦）和他们的相对运动：王敦的军士流连于七宝鞭（一个电影叙事中的麦高芬[MacGuffin]般的物件）的光彩，不能见到他们理应索求的对象（追而不得）。王敦本人直觉过人，但却是从梦中初醒缓于行动（不能亲追）。最成功的是晋明帝，他乘快马利于来去，成功掩盖了自

插图 22 "玩鞭春色"景点今貌
作者摄于 2021 年 4 月

己行动的时间（来而复返），最重要的，还是那位冷眼旁观的老妪，有了合适的道具，她便调停了历史和神话，也调停了追者与被追者。讽刺的是，马鞭本来是鞭策赶路的工具，现在却成了梦境和现实终于无法交叉的原因——苏辙"马鞭七宝留道左，猛士徘徊不能追"，还有李白"顾乏七宝鞭，留连道旁玩"。

重点不仅是宝鞭，还有"玩鞭春色"中的"春色"——美好的"春色"就是七宝鞭。就像玩赏七宝鞭的兵士竟忘了他们要追的人，贪恋春色的人们，可能并不在乎什么真实的历史。玩鞭亭原在城区北郊二十里铺，芜湖至建康古道的旁边，梦日亭位于城东，原本的准确性就存疑，清末毁弃之后，这种杜撰出的历史本身也成了历史。1983年，"玩鞭春色"作为一景恢复了，却是在城北五里，当地民间策划的新景观"汀棠公园"之中——不但风景的内容不再确定，就是它的位置也是可以任意挪移的。就像昼眠于军中的王敦，当代人纵使敏感于梦见的过去，对于这种局面却也提不出什么更精准的建议，于是，只能是以另一种形式"看（梦）见历史"。

更久远的风景就是这样的七宝马鞭，它使得我们只能注目于此下的，而无法细究逝去的，后者就像晋明帝的归途，甚至遭刻意毁坏了现场，但它也有一项好处，就是它让我们至少可以"感受"到原本不可追索的过去，在和煦的春光里，陶醉于长久的生机，忘却现实的纷扰。法国历史学家皮埃尔·诺阿早已说过，记忆是不同于历史的，记忆是生命，而历史是对过往的重构——关于一种积极的想象。这也许是中国古代文学艺术中借重"风景"轻视"市井"的原因。[1]从这个意义上讲，文学层面的历史重构，是睹物思人，重点在人不在物，风景权当了一种思想"接力"的媒介，从"日边来"的一束光，也是让我们"照见古人"。

直到现代之前，从芜湖到南京—建康之间，都还是这样的一种风土。漫漫的旅途，王敦和晋明帝互相往来的古道，没在无边的风景之中，假如去除了仇杀的风险，便是使旅行者心旷神怡的佳境山水："……自（南）京赴芜沿途，山峦叠翠，阡陌纵横……临风顾盼，风驰电掣于旷野之中，必怡神快，俯仰自得……"[2]

有意思的是，自建康以下的这条路，也是历史上真实的思想"接力"发生的路径，你来我往，熙熙攘攘。如果，在吴敬梓的心目中，只有南京才有资格充当这种旅途的当然终点，自东晋、六朝以降，那里的人们却早已持续地从建康出走，浸淫在他们新发现的东南山水佳境中，并且这个队伍连环衔接，仿佛真的是一个跨越时空的"旅行团"。

就在离芜湖不远，当涂境内的"青山"（大青山，小青山）也是《太平山水诗画》的重头篇章，是43幅图画中的第一幅，或许因为一代大诗人李白对其推崇备至。其实，你若是有幸现场游山，或许难以把画面上的青山与眼前的相扣。山高372米对径二十余公里，在这样的范围内缓缓降去，不能算是十分陡峭的，也就是一座平常秀美的山岭。有资格叫作如此"青山"的，古往今来实在是数不胜

---

1. 典型的现象是城市常常被描绘成乡村的模样，城市的景观被着意强调、夸大乃至淹没了城市的实质。迄今的研究中又罕见对古代村子物理状况的了解。
2.《芜湖旅行通告》，载于《励志》，1934年第2卷第39期，第7页。

数,苍林如黛的一般江南山头,大概都可以称之为"青山"吧?[1] "青山"在古诗文中出现的频率之高,就好像中国城市中的北京路、中山路,西方城市里的Broadway、Main Street一样,以至于人们弄不清它们是专有名词,还是一类笼统的称呼。

越是黄山、桂林这些"年轻"的名山,性格就愈发鲜明。宽泛定义的"青山",越老越形象模糊,但却反映出更久远的对于"地方"的看法,貌似源于无名混沌的"一般",而非精微个别的"具体",它们作为整体出现,无法一一辨识。无锡有青山湾,仪征有青山镇,但是很多有名的山依然不厌其烦地称自己作"青山"。李白没有为他所看见的"青山"重新命名,但他却以寄语前人的方式重新发明了这座山。

埋骨于此的李白对这些青山的眷恋,不完全是现世的、此处的。很大一部分原因,恐怕是"古来相接眼中稀",这眷恋来自他唯一看得上的,是也曾驻足此处的南齐诗人谢朓。"一生回首谢宣城"的诗仙的晚年作品中,不少是一种"双重观看",是谢朓的山水体认的"再现",这情形有点像是电影机的"肩后机位"[2]了,顺着主人公的

---

1. 北美大陆也有类似的说法,Blue Mountain,冰心在《寄小读者》中将它翻译成"蓝山"。美国宾夕法尼亚州东部的蓝山山脉(Blue Mountain),是北美洲东部阿巴拉契亚山脉的一部分。值得指出的是,在汉语中"蓝"和"青"并不是一种颜色:《荀子·劝学》中"青,取之于蓝而青于蓝"简明地说明了它们的关系;《说文》中"蓝,染青草也";《诗·小雅·采绿》中"终朝采蓝"。"青"也可以是绿色或黑色,对应着山在不同季节中的色调,而"蓝"作为颜色的说法则是相对晚近的事情。
2. 电影拍摄中大多数都是"第三人称镜头","他们看"也就是事先清晰地交代观看者和被观看的景物的关系,甚少出现有种恐怖片意味的"第一人称镜头",在"第一人称镜头"中那个当然的观看者并不显现,而观众观看景物的角度时刻都在追随着不出场的"主人公"——是伪托和错乱的"我看"。而在我们的讨论中,被刻意强调的"前人的视角"也许可以称为"第二人称镜头",是无处不在的"他们看"和"我看"的重合。

遭际望过去，其实却喻示着一个"不出场"的画外人物的视角。

更有意思的是，李白如此，附体于他的谢朓又未尝不是——他们似乎都是远视眼，对眼前景物视而不见，同时往往神交古人，或是痴望一些现实之中"看不到"的景物。谢朓的名篇《晚登三山还望京邑》，因为"余霞散成绮，澄江静如练"的名句久为传诵，它的诗眼却并不在于"望"，而在于诗题中的"还望"[1]。"灞涘望长安，河阳视京县。白日丽飞甍，参差皆可见"，这首诗是在建康西南写下的，可是，所借用的，或是所"看到"的，分明也是西北方向的长安、洛阳，是同样悲今而悼往的潘岳、王粲的视角——也难怪，在谢朓那时候，长安、洛阳都已经不在汉族王朝的控制内，极少有机会看到真正的中原青山了。

在那个时代的江南游子对于自然风物的感怀里，有着一种浓浓的怀乡意味，和我们一样，是欲看到他们所看不到的东西。"谢朓青山李白楼"，登楼李白对于前贤视角的眷恋，也许还是因为"三山怀谢朓，水澹望长安"，是同构了一种"想象中的注视"；这里的"青山"，却有着不易察觉的"投射对象"的千里挪移。

这种"想象中的注视"之所以能够成立，首要的当然是因地理上"形"和"式"的相似，含混弥漫的"青山"语象，粗放地表达了这种相似，更主要地，青山本在青山外，对于困于艰险路途和救亡大业的旅人，每次的回望绝不是一种轻松的经验。

如此的别处青山，总联系着一种运动中的醒觉，是不同地点

---

[1] "望京"是一种古老的"望"的传统，古人多有"望京楼"的命名，落实了"西北望长安"的说法。参见唐克扬《地名：城市记忆的三岔口》，《东方早报》2014年8月6日。

和机缘里的回望。往别处的"看",同时也是跨越时间的"看",它们不必附着在单一的物理的载体上,在这种特别的语境里,文学比建筑更长久,那是爱尔兰诗人叶芝的自信,他买下了巴利里塔堡(Tower of Ballylee,或Thoor Ballylee),写道:

……愿一切再毁之后
此诗犹存。[1]

这诗意里凝聚着能够跨越时间相望的地方历史。

---

1. "A plaque on the castle's wall contains the following text: 'I the poet William Yeats/ With old millboards and sea-green slates/ And smithy work from the Gort forge/ Restored this tower for my wife George. / And may these characters remain/ When all is ruin once again'" ——刻在巴利里塔畔石上的铭文。1917年叶芝购买了14世纪的古堡,在古堡旁留下了这首著名的诗歌。

插图 23　芜湖江上风景
图片来源：作者收藏民国老照片

天际识归舟

选择故乡作为历史考察的对象，好处是除了书面的叙事，你还有一种直观层面的"历史"。很小的时候，我就模糊地意识到江边风景和更久远过去的联系。我们这城市里地形一般起伏不大，偶有爬坡上坎，便构成日常经验重要的一部分，在昔日低伏的建筑中它们很难遭忽视……从我的小学背后的山坡上，你甚至可以越过树丛，隐约地看到一条白色发亮的江水，正是南朝诗人谢朓简洁的句子，"澄江净如练"。

崇祯四年（1631），王思任以工部主事领芜湖工关榷司，曾游至吉祥寺后鹤儿山北坡上的"识舟亭"——山亭那时双层八面，萧云从在《鹤儿山图》中将它简化为一座二层亭阁，在《太平山水全图》中只是一笔带过，而吴敬梓笔下的识舟亭变成了一座道观。无论如何，关键不在于亭子的制式，而在于

它们和"诗眼"的关联,即"识舟亭"之出处,谢朓的《之宣城郡出新林浦向板桥》:

>江路西南永,归流东北骛。
>天际识归舟,云中辨江树。
>旅思倦摇摇,孤游昔已屡。
>既欢怀禄情,复协沧州趣。
>嚣尘自兹隔,赏心于此遇。
>虽无玄豹姿,终隐南山雾。

据说,昔日的亭子上正挂着谢朓的第二联:"天际识归舟,云中辨江树。""识"和"辨"是诗意的关捩。清人王夫之在《古诗选评·卷九》中评价说:"……语有全不及情而情自无限者,心目为政,不恃外物故也。'天际识归舟,云中辨江树',隐然一含情凝眺之人,呼之欲出。从此写景,乃为活景。故人胸中无丘壑,眼底无性情,虽读尽天下书,不能道一句。"说了快一条微博的字数,好像也没有说到点子上——他断然是没有来过这里的"识舟亭"。

"江路西南永,归流东北骛"——这是南京往芜湖江面的走向了,越往芜湖,越趋于西南。西南和东北是相对的方向,所以不是一位,而是两位"含情凝眺之人",或者两种视角。这种互文关系,在"天际识归舟,云中辨江树"的对偶上也可以看出来,从江岸望江中,是"天际识归舟",而江中看江岸,才是"云中辨江树"。无论如何,"含情凝眺之人"之"隐"是必需的,因为画外人物照例不出场,更因为这里的"望"同样也对应着"还望",两个"望"的主语其实都是作者自己——也是"双向视线"。在这个意义上,萧云从《鹤儿山图》中的登楼女子显得过"实"了,但是画家也不是没有自己的发明,综前所述,他引入了自以为能入画境的古人,比喻自己的心境,佳丽女子成了佳丽江山的化身,也是"望"的对象,观者不仅是打量画上风景,也在神交古人,代入自己,从拟人化的譬喻和转换里,他更感受到风景深层的意义。看不见的观者加上女子,都在注视江中一叶,构成了双重的"天际识归舟"——事实上,终极的诗意是这一切的混融,画家和诗人借着风景的表达,本身即是"风景"。

风景并非出脱俗世,谢朓频繁的"望"和"还望"是由他的语境决定的。齐明帝建武二年(495),谢朓出任宣城太守,这首诗是他在赴任途中所作,"新林浦""板桥",均是建康附近的地名,至今仍为南京人熟知。谢朓那时候刚刚遭"敕令还都",由荆州返回建康,但是后者却是政治斗争的漩涡,"出"和"处"的矛盾,令金陵与外郡各有利弊,其纠结和吴敬梓并无差异,只是南京和别处的风险正好相反,令他战战兢兢,如履薄冰。"名禄之情""沧州之趣",其实都是谢朓要保有的,可是在现实中他只有瞻前顾后,顾此失彼。在这种情况下,同一个人可以拥有一种"双向视线",在不同方向的"望"和"还望"往复里,诗人看到了不可见的东西,超脱了这种矛盾,比如象征着往昔之盛的洛阳,比如对"南山豹隐"的内心的期待。

显然,昔日的入侵者也看到了此地的形胜,把他们的统治中心放在了这里。英国和西班牙人建造的领事署、税务司等建筑,是他们对于"威尼斯和克里特岛"的期待和仰望,景观虽佳,却隐去了谢朓的"双向视线"。据说,正是为了给这些神气的建筑让路,洋人借着交涉"芜湖教案"的机会,强行将山上原有的中国建筑迁走了,它转徙在山脚下另一处不甚起眼的所在。[1] 我在查找"鹤儿山"的资料时,惊讶地发现,那亭子搬了家的去处,就是我小时候上学,天天走过的"八角亭","八角亭"因"识舟亭"二层八面而得名,两者其实是一回事。可是,它如今是在一个低得多的地方,还比周围汹涌而至的现代建筑矮了一头,或许,不用等到它最终被拆卸的那一天,"识舟亭"早就有名无实了,人们已经忘记了它原来的用途。

大多数地名也久已失效,想要理解它们的含义就只能猜谜。即使地理形势谈不上陵谷变迁,就算是王夫之那样的大家,没有来过实地也难有实感。一度,"鹤儿山"改作"牛奶山",可能是因为外国人在此生产他们每日所用牛奶的"牛奶坊"。可是,山名本身雅俗难训,就像范罗山(范萝山)又谐音"饭箩山",弋矶山(驿矶山)又是"野鸡山",起源确实令人困惑:到底是山形似鹤颈,还是说山东高西低,如仙鹤归巢?在习惯了另一种"象形"概念的当代人看来,或许两者都不大像。如今的鹤儿山,高度已经不再是危峙于荒滩上的高度,它的轮廓线所代表的历史意义,也早为周遭更巨大的建筑所改变。

---

[1] "鹤儿山本有一亭,名八角亭,为昔时胜迹,因名为八角亭山。前曾为土匪毁教堂案,法人索八角亭荒地,士民以十万金赔款,戮首事者二人,以解决之,去年又因白狼杀教士案,法使在京索八角亭,由将军派交涉使某,结束此案。至本年十一月,始以八角亭租与法人建筑天文台之用,租金二万金,立约三十年,可以照原价赎还自用云。噫,大好江山,均归寸割,区区八角亭,断送于外交家之手,可胜慨哉。"参见侯鸿鉴《芜湖半日间之游记》,《教育杂志》,1915年第7卷第3期,第12页。

"孤亭极目众山巅，风景还凭好句传"[1]——太适合我们这里的情形了。好句不仅仅是好景消极的媒介，当我们丧失了写诗的冲动，中国风景也难以独立存在。

"白云迷古树，玄鹤舞空台"[2]，和眼前凿凿的领事署、税务司比起来，确实，更久远的亭子指向的历史显得那么空洞，无论"风去台空江自流"或是"黄鹤一去不复返"，只有潜入这座依然以商贸著称的城市的日常，把它和风景自身的变迁相联系，才能找回历史和现实的关系。无须等到上个世纪末的巨变，由于大江自身的动荡，能够安顿诗心的物理坐标，就像那座曾经在山巅的亭子，早已体现了某种持续稳定的"波动"，连我家所在的地方以前都不存在。"八角亭"的口外，一度是芜湖市最重要的滨江商区的吉和街，迤西的街区本都是荒滩，是现代发展向大江"要来"的地，也是传统生活避之不及的所在，多年前由此看去，定是苇花瑟瑟、天水茫茫。相形之下，倒还是"殖民地式""巴洛克风格"的铜标签更加实感——芜湖市的地面文物本乏善可陈，它们所代表的、硕果仅存的近代建筑，恰恰是这座城市在2013年首批获准的国家级文物保护单位。

无论是眼前之景还是失落的诗情，它们并非虚无，"变化"并非一意虚无。

如果一定要追究"传统"，反倒是貌似语焉不详的风景更实在

---

1. [清] 林中瑶，《识舟亭》。
2. 参见张汝蕴《螺矶》："胜地孤岑秀，诸天阁道开。白云迷古树，玄鹤舞空台。当槛涛声入，隔林帆影来。振衣聊眺望，人在小蓬莱。"

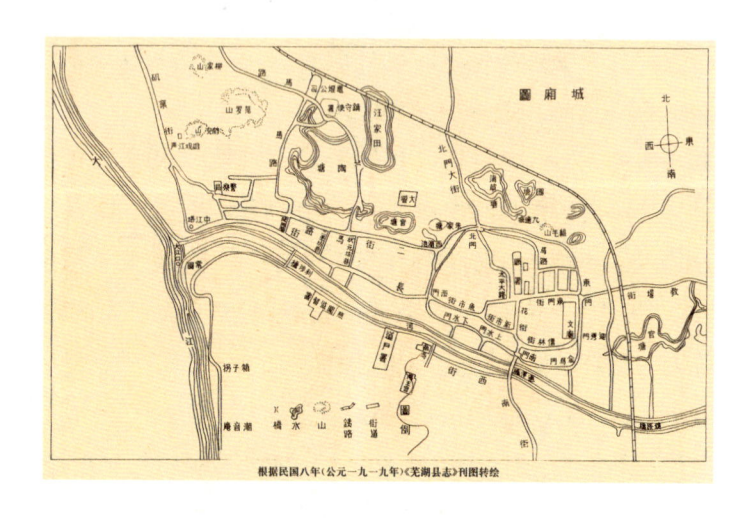

插图24　根据民国八年（1919）年《芜湖县志》转绘之芜湖地图
图片来源：《安徽省芜湖市地名录》，芜湖市地名委员会编，1985年

插图 25　民国三十一年（1942）汪伪政府印制《芜湖县全图》
图片来源：作者收藏

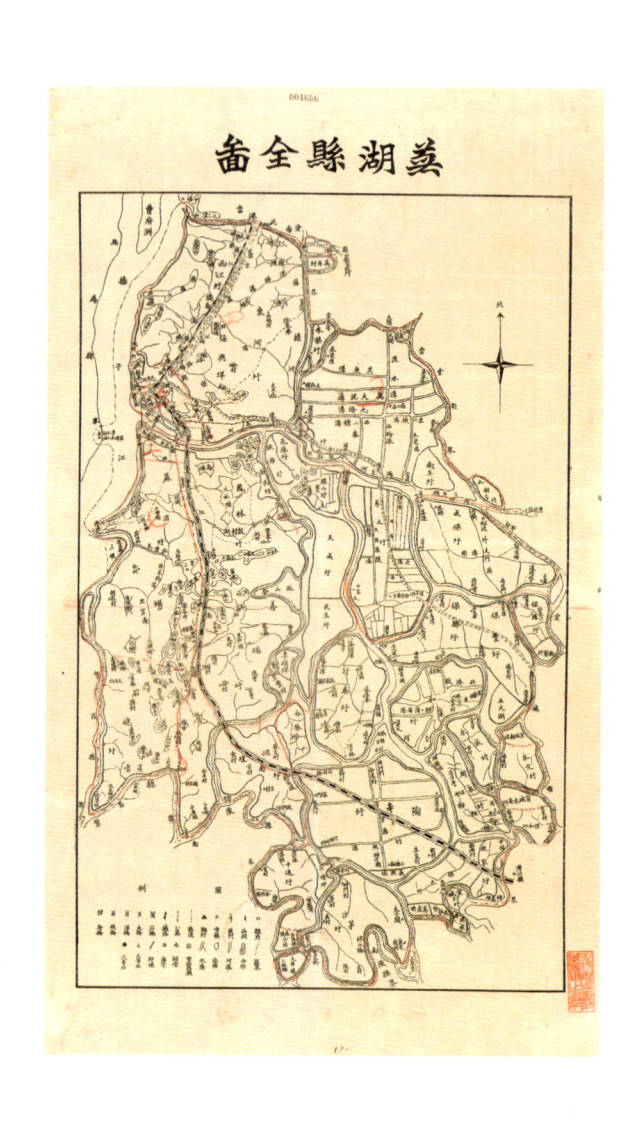

插图 26 《芜湖县全图》，地图未具年，但从图中地名仍有"租界"等判断，应为 1941 年之前绘制
图片来源：作者收藏

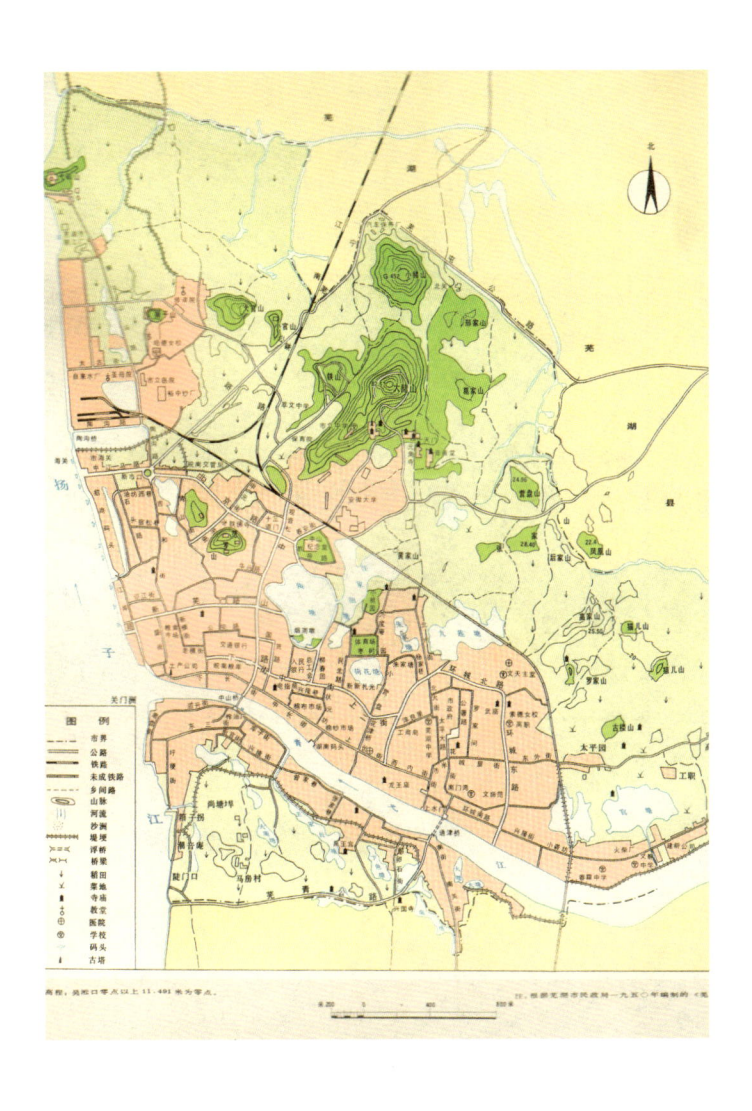

插图27 依据芜湖市民政局1950年《芜湖市全图》重新绘制
图片来源:《芜湖市城市整体规划图集:1985—2000》,芜湖市城乡建设保护委员会,1986年

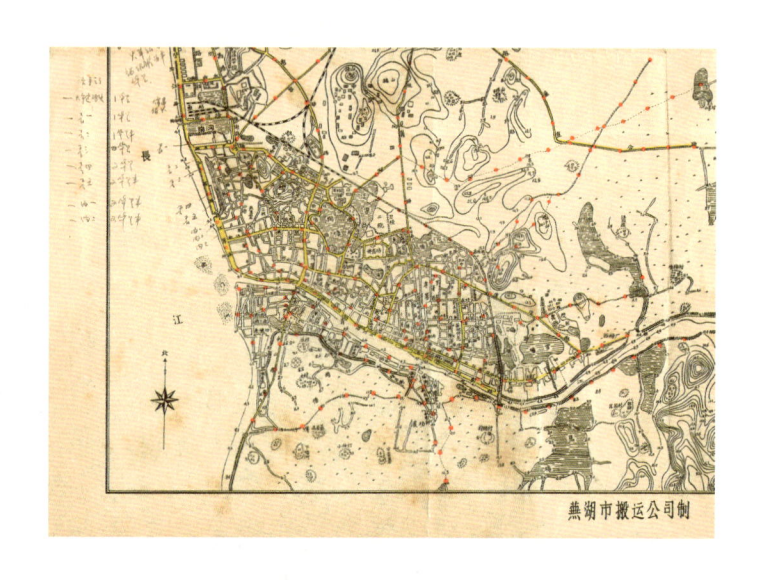

插图 28　芜湖市搬运公司绘制，《芜湖市区运输里程图》，未具年，
从新旧地名交错的情况看，本图可能绘制于 1949 年后的某个时期
图片来源：作者收藏

些,是真正的"本地"。景观的变迁提供了另外一种视角,更久远的、更客观的视角。长江的水文条件一直都在发生很大的变化,变化的,也是人和自然的关系,更是人和社会的关系。

只有极为稀少的资料,可供佐证这种沧海桑田般的变迁。老照片中位于青弋江口的那座"关门洲"或许是其中之一。宋代的《太平寰宇记》引《江表记》说:"江中有鳖洲,长三里,与芜湖相接。"这巨大尺度却对不上今日"关门洲"的长度,假如以中江塔为基点往北计算,这段沙洲都该延伸到更北边的弋矶山下了,也是"临江巷"所临的范畴。[1]

然而,江中沙洲本来就不是一种"确定"的存在。在历史上,长江沙洲的增多是大趋势,宋代周必大《泛舟游山录》《奏事录》等书中,常有"夹江"的记载,"夹江"会在沙洲一侧形成主航道,另一侧水位变浅而成"盆塘"。但是长江那时水面宽阔影响不大,明代中叶以后,情况却大不相同,不仅江中沙洲大量增加,而且引起江岸的严重冲刷,造成江道大幅度的摆动,极大地改变了岸线的原来面貌。沙洲形成的原因,有的是天然矶头的"挑流"作用,有的是在江流的宽放段堆积升起。今天人们可以看到的关门洲属于最后一种情形,是在支流的汇口,如同长江、黄河的三角洲,青弋江汇入长江时,水面变宽流速变缓,上游携带的泥沙于是沉积在这里。[2]

和最初写作时放弃图像的打算相反,在经历了一大圈感性的

---

1. 许朝荣《秋日游八角亭》一诗,有"年年春暮此登临……近看孤屿出潮平"句。《芜湖县志·艺文志》,第121页。
2. 史为乐,《试论长江大通—芜湖段江岸和沙洲的历史变迁》,刊于《安徽师范大学学报》,1984年第3期,第77页。

漫游之后,为了查清楚这些年来江岸的变迁,我又回到了一个建筑师熟悉的电脑桌旁。这些年,我的手边除了老照片、《儒林外史》《太平山水诗画》《六朝诗论》和各种地方志,已经慢慢积攒起不同时期、不同版本的芜湖地图。在这些地图中,两张小比例尺的《芜湖县全图》,一张是1934—1941年,一张写明是汪伪时期(1942),覆盖芜湖县域全境;大比例尺度的城市地图,则可以看清从中江塔到弋矶山医院的街市,其中两张时间大约是清末,虽然标注着英文,有指北针,却未必遵循了精确的比例尺和标准制图方法;另外三张,一张是1934年,一张写着1949年,一张则是1949年之后。我把所有这些地图在作图软件里按同样比例叠放在一起,改变它们的透明度,对比这里附近不同年代的长江岸线,立刻就看到,哪怕是这短短一个世纪里,中江塔北端的江岸,也已经经历了戏剧性的变化……

虽然没有《生活》杂志的高清航拍照片,但我从来没有感觉距离小时候熟悉的街区是这么近。不容含糊的地图,甚至可以帮你回忆起很多脑海中已经消失的东西,比如,在靠近"吉和街"北头转盘的地方,原有条叫作"半亩园"的向东巷子,从那走过时我一直不明白这个地名的内涵,直到我在它和"青山街"的接口附近,看到了在地图上一直存在到1949年之后的两个小池塘,果然,是一处适合园林存在的地方。还有,吉和街,我记忆里童年社区的"脊椎骨",原来并不一直是这般平直的,印证了我对江边地形的判断——还有,它雅化前的名字原来叫作"鸡鹅街"……

我家背后西边的"石头路",边际齐整,在最初清末的地图中,它是一排"兵营"(barrack)的所在……最大的发现,是在这条路以西的地方，我在稍后的地图上发现了狭长的"河湾"——难怪，那里的工厂和仓库原来是填平"河湾"形成的，怨不得地势低平，走过时也坑坑洼洼，和一般沙洲地形很相似，这一带在古时很可能属于长江江面的范畴，西边形成同样狭长的半岛，整体好似"夹江"或者"小港"。过去，它也许是沿岸帆船避风的所在？到了1949年的芜湖地图上，这条狭长地带已经妥妥地画在了岸上——那条我从来没有见过的"沿河街"，原来"沿"的是一条"夹江"入陆之后形成的"护库河"。

现在，貌似可以复原吴敬梓（或是萧云从）"天际识归舟"的现场了，我的旧家，确乎是在昔日半水半陆的江滩上——慢着，这里有个让人困惑的发现：越往早先的地图，岸线的轮廓却越往外，沿着中江河口外展的角度也越大。这似乎和上面提到的沙洲淤积江面变窄的规律正好相反。为何晚近的江面反而变宽了呢？

终于，我在1934年的芜湖海关照片之中找到了一丝线索。迟至1934年，中国船家所习惯的江滩已经变成了整齐砌造的人工江岸。我们熟悉的"滩涂"，总是人工世界和大江大河间的中道，随着潮涨潮落，形状会有很大的不同，水和陆因此是个相对的概念，本该是用一系列的梯度线，而不是一根线来表达的。可是，在地图上如何描绘这些变化的陆地边界，不仅芜湖本地人没有想过，就是在此前的其他中国舆图中，也未见得能有所交代。中国船民的帆船本来吃水较浅，不会有"深水深用，浅水浅用"的意识，开埠以来没有多久，因利所趋，长江河口的江面已经泊满了青弋江内驶出的江船，没有规划的无主水面，横七竖八建起了简易的吊脚楼……

显然，现代的港口需要更大的水深，或者说，更精细的对于看不见的那一部分水陆中界的控制。按照现在的标准，I级岸线是指"距岸100—150米以内水深达八米或以上，岸线稳定或微冲不淤、航道水域宽度与后方陆域宽度适宜"，才可满足五千吨或万吨级以上船舶进出和停泊需要。就是民国船只，也已达到千吨级以上，如要船舶顺利进出和停泊，也需要距岸100—150米以内水深在5—8米之间，才能满足要求。[1] 从一开始建设，芜湖港已经有意识地在地图上"画了直线"。租界当局带来的，是人工化的江岸，由中江塔往江海关附近，岸线趋于明晰整齐，于是，原来大片的滩涂在清淤之后沉入水面之下。由于水位常变，这条用现代技术在长江边画下的直线，与其说真的就是绝对的"岸线"，不如说它从此带来了一种对于"水岸"的不同看法，就好像我们有了摄影之后就希望看得更"清晰"一样。

在这样的江岸上注定将迎来不一样的城市水滨，即使把它建成城市的一部分，像上海外滩那样的滨江花园，还要等到一个世纪之后。这之前未加打理的水滨，也是我童年记忆的一部分，除了梁洛书、李国富、李澄清、李泽鉴……欣赏的野趣，一定也有着艺术家的感时忧世在，不妨"天际识归舟"，但它并未使得英国人、西班牙人……的领事署、税务司……之前那些荒芜的历史变得更加可感。

只是，一旦有了港口那条鲜明的直线，暧昧和曲折必将落入

---

1. 曹卫东、曹玉红、曹有挥、桂丽，《安徽无为县长江岸线资源评价与开发研究》，刊于《安徽师范大学学报（自然科学版）》，第29卷6期，2006年12月，第587页。

尴尬，一切转向人工的进程开始了就会加速。在更加迫切的城市变化的压力之下，这样的江岸，势必将屈服于当地人不甚理解的未来开发图景的召唤。新的水滨绝非《儒林外史》里的荒江地面，也不会按萧云从的"太平山水"图画来复刻，更不用说，还能指望这块地面继续抚慰困顿的异乡来客（地价远不止几个铜板，它会变得更贵）。只要有了巨额的资本，它就能无视风雪晴雨，营造貌似清洁、文明、开放的新水岸。

鹤儿山下没了"识舟亭"，但最终有了"吉和广场"，在这之前，还有"江岸路""迎江街"——对了，还可能包括我的"临江巷"，只是那暧昧江滩和真正的城市之间过渡的层次——它的建筑不是"现代"，只是"近代"，作为风景"上岸"的现代化历史的一部分，注定要为更加"临江"的花园所牺牲。我打开《芜湖地名录》，终于从密密麻麻的地名中，找到地图上没有任何痕迹的那条小巷的信息，这是它在这个世界上最后的留影：

> 临江巷……南起傅家院，北至宿松巷，解放前，江西人建临江会馆，得名。全长56米，宽1.5米，弹石路面。[1]

至此，我依然不能复原"临江巷"的样子——也许不知道得太清楚也好，至少可以留一些美好的模糊的回忆。但是……我终于隐约知道，我住过的那所房子，不仅和"江"有关，而且恐怕和"江西"直接有关，临江会馆，得名于从明代起就在这里活动的江

1.《芜湖地名录》，芜湖市地名委员会编，1985年，第103页。

西临江府商人——"临江"很容易让人望文生义，虽然"在大江边"在这也算切题，却不能说明这个地名在复杂的近代经济活动中的直接渊源，这种机缘，当然归根结底也是因为"临江"。不仅如此，附近的宿松巷（因宿松会馆所在而得名）、长安里（因广东籍李祥清得名）、宁奉里（因宁波籍钟永康得名）住的都是这些地名来处的外地人，油坊西街是李鸿章家族的油仓所在，不是供应本地日常的那种油坊，护库河护的是江边沙洲上建起的那一大片"联合库"，库和堰塞河都是长江贸易的产物，"联合"的字面意义，一如这个地方的原名"徽（州）临（江）滩"，我上学天天走过的冰冻街，原来不是说的哪一年的寒冷天气，而是得名于民国时期的冷冻房也就是"冰库"……

这里早就不再是"荒江"，这里也绝非简单的"本地"。[1]

在讨论《儒林外史》中隐约透露的"家园"理想时，商伟谈到："家园"亟需的诗意与三个要素有关：其一与伦理有关，"……在儒家文化的语境中，审美问题与人伦关系以及个人生活的意义是分不开的……"在现实中，"一个注定失败的努力来召唤一种即便存在也早已消失了的生活方式"；其二，类似于《儒林外史》反讽的设定后，在如此构思的一部小说中，读者如何看待这种彼此冲突的声音？其三，涉及到文学作品的形式，在"诗歌"已经退场的时代，

1.《芜湖通史》，芜湖市政协等编，295—299页。又，王振忠指出，这一片貌似的荒滩早有"徽临滩"的叫法，它是明清以来徽州商人携手江西临江府木材出产地，集散木材的所在。与此同时，开埠以来随着"徽临滩"商业价值的上升，利用江滩的传统模式和新商业城市难免发生这样那样的冲突：嘉庆时滨江已有炮台，县西下一五铺的"老湘营"及民国初年依然存在的"兵营"是此处军事价值的体现，木商与海关、招商局之间时有争夺空间的诉讼。王振忠，《社会历史与人文地理》，中西书局，2017年，第193—196页。

白话散文的叙述如何构造一个富有凝聚力的诗意场域？[1]

看来，无论如何，新的江滨，不大适合古典世界中自我的沉迷，也无计召回怀旧的生活方式，在这个充满了变化又实际的新世界里，在原有的兵营、会馆、仓库和市场旧基上，由"徽临滩"变化而至的"吉和广场"，召唤的得是一台广场舞，或者至少是一首流行歌曲。

---

1. 商伟，《礼与十八世纪的文化转折：〈儒林外史〉研究》，生活·读书·新知三联书店，2012年，第386—387页。

每个人的时间都是有限的,因此未来必须就是现在。

——阿尔多·罗西

致乐园的所有参观者:欢迎你们。迪士尼乐园是你的乐园。在这里,年纪大的人被重新唤起过去的欢乐记忆,小孩子们可以挑战和憧憬未来。迪士尼乐园致力于缔造美国的理想、梦境和事实,它希望能成为全世界的喜悦和灵感的源泉。

——沃尔特·迪士尼

到了,这就是故土,家乡之土!你所寻求者已近,且已奔跑着来欢迎你。

——荷尔德林《归家》

第四章 / 无名的故乡：地方志的写法

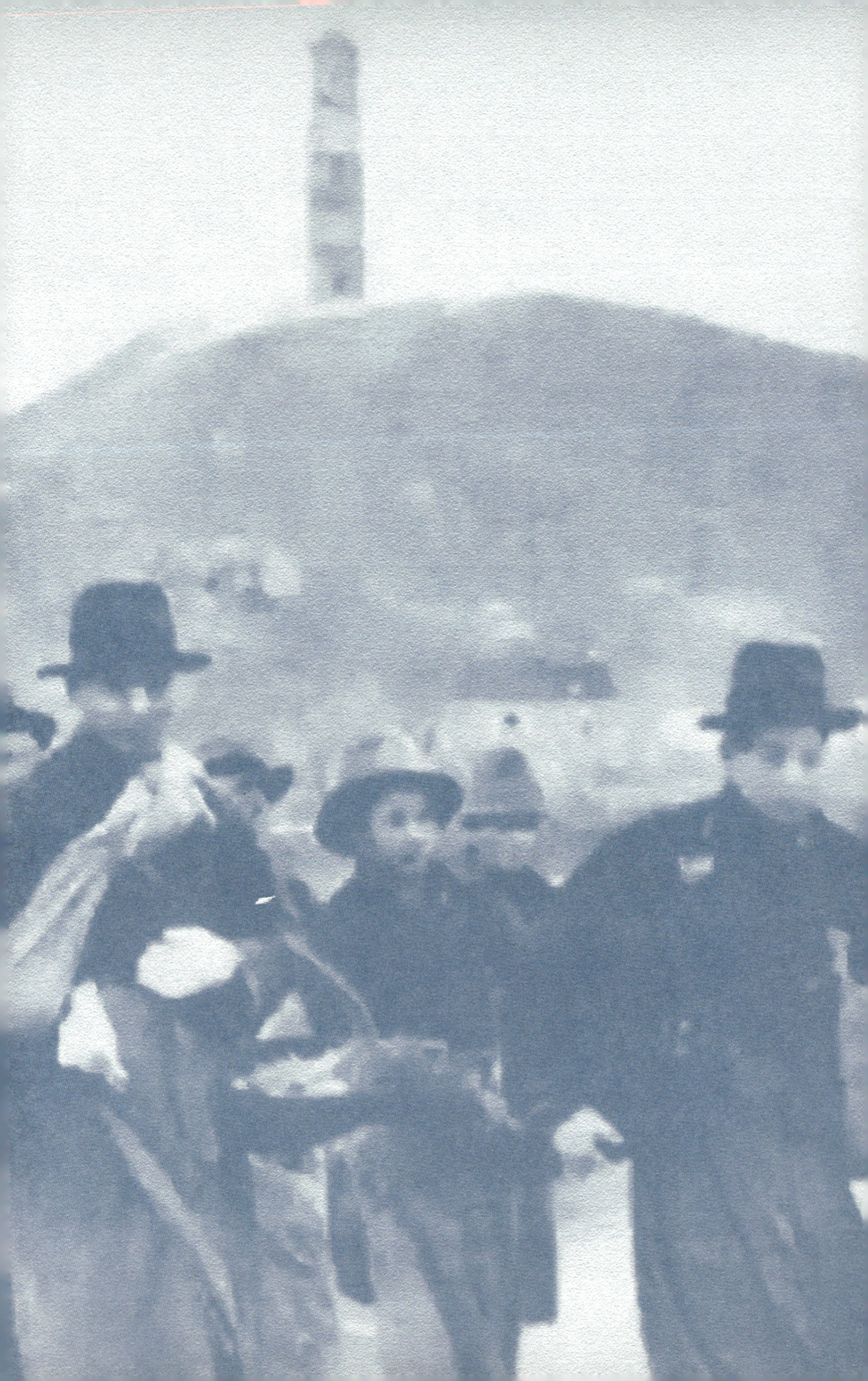

年轻的历史

差不多每一座中国城市都会声称自己"历史悠久",话虽这么说,历史城市并不是人人有份。比如,认为深圳1978年还是一座小渔村的人还是多数。于是,按照人们脑子里的印象,芜湖近代才发达,说它是座"古城"怕是有争议的,你不难发现,就在2013年前,此地甚至还没有一处国家级的文物保护单位。对于一个并非深圳那样的中国城市而言,这个指标其实有点寒碜,中国传统对于历史的兴趣早已"传染"到建筑领域——要知道,从1961年公布的180处第一批全国重点文物保护单位开始,迄今大陆已有数以千计的古今建筑遗存,被列为需要精心保护的物质历史了。

1978年的某天,受当时的安徽省委书记万里之邀,北京大学著名历史地理学家侯仁之来到江南,貌似要为芜湖未来的发展"看看风水"。侯先生和他的助手在城市郊区的某座小山旁停住了脚步,意外地说,此处有着比城区更早的历史遗存——要知道,当时的铁路规划本是要将这座小山铲平的,一座重要的区域编组站将落脚此处,侯仁之建议让现代的车站挪挪地方。从我们所熟悉的"日常"里,他看到了值得发掘和保存的"历史",比现存的租界遗存和近代建筑要早得多,比萧云从、吴敬梓早,甚至要比六朝诗人的历史还要早。

每一座城市都是"历史城市",谁能说它们不是呢?它们只不过不是"历史名城"而已。但凡历史,其实都可以无穷无尽地向来处延伸,发掘出更久远的版本。只是在现下,区分"有名""无名"的办法,各处是不太一样的。其一,很多地方的"历史",都已被近代的新建设涂改得面目全非了,最后的这一抹往往蹭去了原有的画面,再也露不出它的底色。1876年,由《中英烟台条约》不大情愿地"开放",芜湖这座长江边的港市跃升为安徽省的重要商埠,虽颇有近代建筑的留存,"古代"的空气却变得相对稀薄;其二,"历史"条目的拟定,毕竟是有选择的,它只瞧得上"重大"的和"显著"的后果,尽管地方史志吵嚷着:"中国历史上第一次水战在芜湖","周瑜当年曾点将"……但这一切却查无实据。侯仁之们能够确认的,对于当地人而言又过于遥远——仅存的一座古城城墙,已经在太平天国的战火中损毁了,江边那一座明末始建的砖塔,是人们唯一熟识的"古代",它无用已久,也荒芜已久。

2013年公布的第七批全国重点文物保护单位扩大了"历史"的定义,其中包含近现代重要史迹及代表性建筑329处,占到空前的16.9%的比例,并且包含工业遗产、乡土建筑和文化景观在内的新型文化遗产，不能不说是巨大的变化。从20世纪30年代引入西方建筑学观念开始，中国历史保护的案例也呈现出这样一些特点，不能简单以"中""西"的视角区分：首先，传统历史学视为工作结构的基本框架，强调"权威"和"代表"，即便是考古学的成果也瞩目于政治经济的重大意义；其次，对于标志性建筑物有更多的兴趣，讲求"等级"，迄今主要的成果都集中在"非常建筑"，而极少研究"普通建筑"，以上两点是既已有之的中国建筑历史的传统，也可以说，是整个"大写"的中国文化史的传统；最后，对于"大"的兴趣愈发体现出对于"纪念性"类型的新理解，这是近来涌现出的特点，后面依然是西方建筑学的价值判断系统，这一点又是非常不"中国"的。

芜湖就是在这次"全国重点文物保护单位"的判定过程中跃居"历史城市"行列的。由此，舶来的西方建筑学不仅在概念层面，也在事实层面扩充了中国历史城市的风格式样，图像压迫了理智，催化了感性，"强建筑"的认知改写了"弱建筑（风景）"的心理坐标系，重新校准了"历史"时钟的参考时间。也就是说，从此以往，有的城市看上去天生就要比别的城市显得更"历史"一些，乃至于"经过修缮的遗址更像是遗址"，这种重被定义的历史图像也隐藏着特定的制作方法，以及相应的评价标准——今日的"历史风貌"，只要你想有样学样，竟也是可以通过建设手段"打造"出来的。

这种图像当然是眼睛优先的，需要单一的、明晰整体的结构，倚重特定的物理手段实现。它之所以能为我们接受，是因为中国城市也不乏与这种标准对接的可能，只看建筑历史学的号旗如何挥舞了。比如，物理形态优先的"历史城市"大热，忽然带来了21世纪初对于古代城墙异乎寻常的关心，芜湖也不能免俗重修了座"新的古城"："……当前对中国古代城市的城墙存在一种普遍的误解，即认为城墙是中国古代城市的必要组成部分，或者认为中国古代绝大部分时期，地方城市都修筑有城墙……"按照有城墙的"城市"中心的观念，"城市历史"当然是城市的影响向郊区和乡村逐渐延伸的进程，其结果必然导致"城市"与"地方"的核心—周边关系，但事实上并非当然如此。[1] 从宋代起，芜湖城墙数次毁弃，但是更强大的新发展机遇令得城墙的存废不再重要，它带来了更为富庶的城关连接部和城郊—水滨贸易地带，"城—乡"的混融或说建筑—景观的混合，成为最终的城市化来临前的另一种形式的"城乡一体化"。

与此呼应，我所想象的芜湖的过去，不仅仅在我并不熟悉的内河腹地的城内。这种历史既不是彻头彻尾的传说，也不是只能"眼见为实"；它可以有看得见的建筑（包括建筑遗迹），也可以有已经融入了过去建筑影子的地理风景；可以是不可见但具体可感的乡土、闾巷、街市、人物、风月——甚至"传说"。

侯仁之的团队发现：早在上古时期，芜湖地区已有丰富的人类聚落遗迹。夏桀败于商汤，逃到与芜湖隔江相望的巢县一带，这还只是"传说"，但是《左传·襄公三年》（公元前570）"楚子重伐吴"

1.《古代城市形态研究方法新探》，参见成一农，社会科学文献出版社，160—244页。某些旅居中国的外国建筑师，比如美国费城规划师艾德蒙德·培根（Edmund Bacon）认为中国古代城市是一个统一的整体，这种观念本身并没有错，但是他们忽略了城市形成中的变化和所涉及的时间因素，因此加强了有城垣的中国城市是一个系统设计的人造物体的印象，城内和城外被人为地割裂了。

则是确切记载。有了考古新发现,考古工作者断定存在一座年代更久远的古城。在今芜湖城东约四十二里,人们找到了这座古城的遗址,当地称为"楚王城",其间散布大量汉代遗物。[1]

所有的证据都指向一个古老而又熟悉的名字:鸠兹——芜湖又称"鸠江"。市中心的鸠江饭店,一度是城市里最高档次的接待场所,可是城市中湖泊减少,水鸟来聚的景象已经不多见,这个地名的意义大大模糊了。鸠兹,见于襄公"三年春,楚子重伐吴,为简之师,克鸠兹,至于横山"这样的早期历史记载。在各种不同的文献中,它也可能通假为"皋兹""祝兹""皋彝""勾慈"等。但是"鸠兹"见文通意,鸠兹,就是"鸠鸟所集"的意思。从青弋江河口上溯没多远,一路向东沿着它分出的支流水阳江南岸,你就可以看到残存"楚王城"一带残丘。经过数千年的农垦开发,附近依然是大片水田,依稀可见上古这里湖泊与沼泽遍布的风貌——如此才有鸠兹,"鸠鸟云集"。

更重要的是这甚少人提的水阳江,在古代它的名称正是"中江",向东沟通太湖水系。相传是伍子胥开辟了这条古运河,使得吴人的势力抵达长江边。"水鸟来集"之地因此除了自然特征还有战略价值,它是起于江、湖间的文明一统"江东"的客观条件。至此,我们才明了"中江塔"的"中江"的含义,"中江"正是江东之"中"。无论是对楚人还是吴人,控制了"鸠兹"就控制了江东。

后来,吴人也将自己的都邑西移而至长江岸边,无论沿江往来

---

[1] 唐晓峰、于希贤、尹钧科、高松凡,《芜湖的聚落起源、城市发展及其规律的探讨》,刊于《安徽师范大学学报》,1980年第2期,第54—55页。

还是对峙北方南下的势力都更加便捷，这一要地有了自己的第二个名称"芜湖"。我经常和外地的朋友戏言道，芜湖不是"无湖"，而是曾有很大的湖，只是这个古代的湖泊"以蓄水不深而生芜藻"，因此才作"芜湖"，也是一种沼泽化的湿地。水面可能未必连续，而是支离破碎，令得一条主要河流会有无数的支流，而每个被水环抱的区域都是小岛。这个湖泊"大约从现在称为'楚王城'所在地的残丘以西，一直延伸到今芜湖市东南界外的大、小荆山一带，东西绵亘三十里，其东北方又与古丹阳湖相连"。[1]

不像太平府的当涂，那实则只是"永嘉南渡"时带来的北方侨郡名称，是"外来词"[2]，无论是"鸠兹"还是"芜湖"，都是真正古老的"本地"地名，是因着景观的鲜明特征而至：

> 可以设想，在古鸠兹的原始聚落形成之初，每当雨季，附近江湖泛滥之时，从鸠兹附近，一直到今青弋江口都是一片水乡，只有现在叫作神山、赤铸山、鸡毛山、铁山和范罗山等一些丘陵岗阜，好似小岛，浮于水面。在其他季节，随着水位的下降，虽有陆地涸出水面，却很卑湿。这时浅水植物、挺水植物和岸边喜湿植物群落滋生，乔木、灌木在岗阜上，生长茂密。当时这里人烟稀少，星星点点的原始聚落大都散布在高地上.大片湖沼和丛林则是水鸟成群栖息的好地方。[3]

1. 唐晓峰、于希贤、尹钧科、高松凡，《芜湖的聚落起源、城市发展及其规律的探讨》，刊于《安徽师范大学学报》，1980年第2期，第57页。
2. 当时从北方侨置芜湖地区的有襄垣、上党等四县，但是这些地名现在都鲜为人知了。
3. 唐晓峰、于希贤、尹钧科、高松凡，《芜湖的聚落起源、城市发展及其规律的探讨》，刊于《安徽师范大学学报》，1980年第2期，第57页。

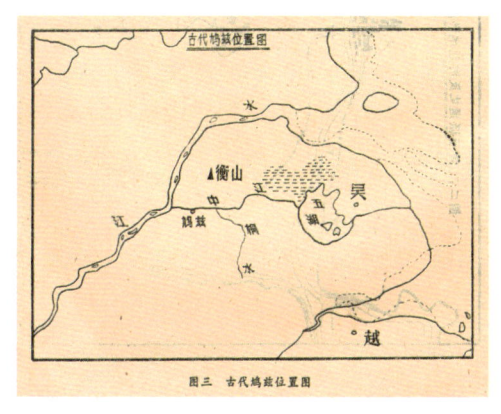

插图 29　古代鸠兹位置图
图片来源：《芜湖的聚落起源、城市发展及其规律的探讨》，唐晓峰、于希贤、尹钧科、高松凡：刊于《安徽师范大学学报》，1980 年第 2 期

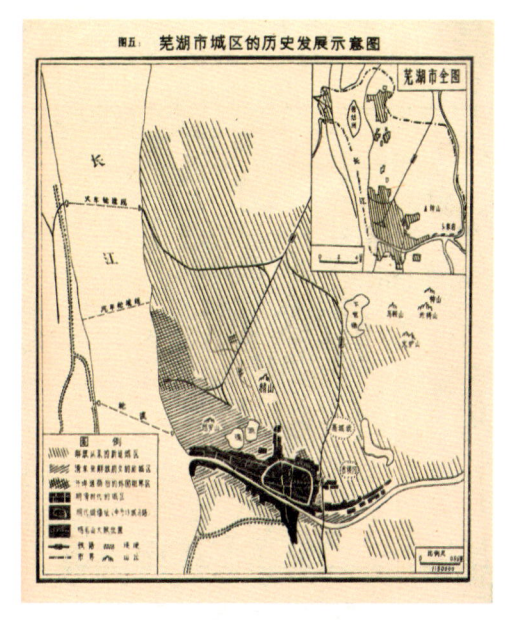

插图 30　芜湖市城区的历史发展示意图
图片来源：《芜湖的聚落起源、城市发展及其规律的探讨》，唐晓峰、于希贤、尹钧科、高松凡：刊于《安徽师范大学学报》，1980 年第 2 期

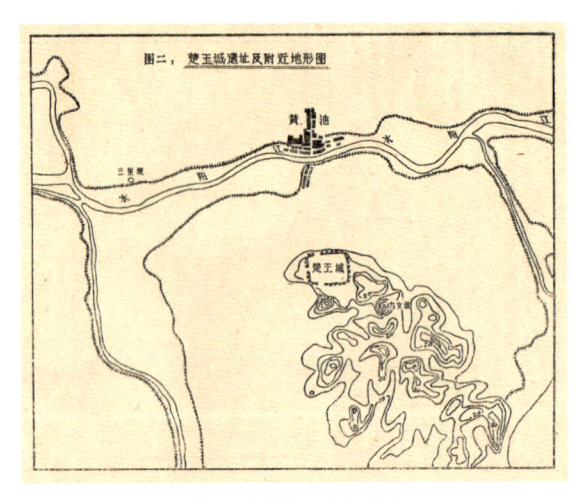

插图 31　楚王城遗址及附近地形图
来源：《芜湖的聚落起源、城市发展及其规律的探讨》，唐晓峰、于希贤、
　　　尹钧科、高松凡：刊于《安徽师范大学学报》，1980 年第 2 期

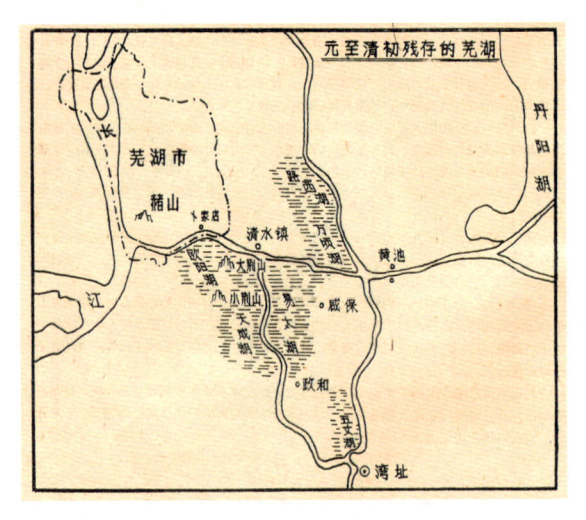

插图 32　元至清初残存的芜湖
此处的"芜湖"所指是真正的"芜"（草丛生的）"湖"
图片来源：《芜湖的聚落起源、城市发展及其规律的探讨》，唐晓峰、于希贤、
　　　　　尹钧科、高松凡：刊于《安徽师范大学学报》，1980 年第 2 期

在这一刻，似乎整部本地早期历史的逻辑都已豁然开朗。水边人总是寻高处而居，如果不算距离太远的楚王城，吴人所迁居的"鸡毛山"是有迹可循的最早的芜湖城的所在，也是明城北城墙的附近，很有可能，历史上存在过的其他聚落，大体上也不出这个规律。山，高出湖，因而有了城，湖供给人之所需，但是坐稳了城的人，又愿意伸出一脚去靠近江，建设港，以便乘着风涛之利，实现他那更雄心勃勃的理想。

即便接下来的开发史也和景观脱不了干系。从东吴开始，更强盛的王国和朝代，更频繁地在大江上下的往来和征战，不可避免地带来对于江岸腹地经济发展的需求。利用"芜湖"围湖造田的努力，就此塑造了两千年地方特色的景观，"圩""埠""埂""堤""塘""闸""津"……诸多富有农业历史特征，与"水"也与"土"有关的地名至今尚存，传达了这种人定胜天信念的后果。在南朝谢朓的时代，"芜藻丛生的湖"已经开始被"良畴美柘，畦畎相望，连宇高甍，阡陌如绣"[1]的"第二自然"取代了。宋代是这种垦殖进程最为迅猛的时期，大观（1107—1110）、政和年间（1111—1117）连续兴建了陶辛圩、政和圩、方春圩等水田设施，江南一带已将其奉为成法。它们的前师，都是嘉祐三年（1058）宁国县令沈披和他的弟弟沈括规划建设的大圩田万春圩，今有《万春圩图记》传世。

自古以来，并非所有人对于这种干预自然的策略都无异议。沈括、沈披弟兄二人提出了治圩理由的《圩田五说》列举了治圩理由。动辄以数万人的工费，铲除杂草，烧荒拓野，种植新树，筑起宽高

---

1. [唐] 姚思廉，《陈书》卷五《宣帝纪》。

都以丈计、长近百里的圩埂，是古代条件下不可忽视的大工程。所得千顷良田，当然可以支持更多的人口、更新的村落，同时又带来了某种意义的"城市化"——有配套的水利设施、交通要道、村舍民居和礼制建筑，钱粮收入带来新的财源。但是，也有反对者以为修圩势必与水争地，是"堵"，而不是"疏"，要知道彼伏则此起，坚不可摧的大圩，恰好是其他较为简陋小圩水患的来源。在整个古代史期间，人与自然时有进退，清初的万春圩便成了旗营牧场，马匹放养其中，咸丰以后，马匹已空，荒为废湖。

大的趋势是人进湖退。到了13世纪前后的元代，广大的"芜湖"只剩下三个小湖了。清朝中叶的实地考察，记录下这些原属于同一片湖泊的最后踪迹："天成湖"（天圣湖）"在东南十八里，广一百八十顷"，"易泰湖"（南湖）"……在县东南二十三里，周围五十余顷，中隔大江与天成湖相毗连"，"欧阳湖"（欧湖）"在天成湖、北大小荆山中"——今天的欧阳湖只剩下一条路的名字，易泰（易太）只是一个镇子的叫法，更不要说那些"小滩、西埂、双桥……"的零碎地名，现在统统都在陆地上了。

在《经典的终结》一文中，建筑理论家彼得·艾森曼（Peter Eissenman）提示了三种建筑时间的区别：如果说"Classical"指代的是与现代相对的古典，是大写的"永久完成时"，那么"classic"则是"现在完成时"，这个小写的一般性形容词揭示了一种相对的时间观念，是相对于此刻的过去，而"Classicism"比以上两者都要复杂得多，它是"完成的完成"，是既新且旧的，是注满了现在的过去。同样，我们可以在历史城市的理论和实践之中找到类似的区分和表达：一种是"经典"，真正的、心向往之而不可至的"黄金时代"的遗存，通过考古学实践和建筑学研究而确立的古代城市与建筑的范式，可以不分南北学习之；一种是具有上述建筑品质的现当代建筑，人们常常说"堪称经典"；还有最后一种，是随时随刻都在产生的"古迹"，是"号称经典"，它们的价值仅仅是因为承载了历史主义者所珍惜的人类经验和情感。

芜湖显然不属于前两者。在这里，城市中并没有什么肉眼可见的"古代"，显然，也缺乏稳定的"本地风格"——至于最后一种选择，这些经验和情感即使在芜湖这样的小地方也不缺乏，但它们目前还难以消化成现实的东西，在汹涌而至的发展热潮中，至多只有艾米莉们能看懂的"法国"。

我有一种直觉，就是并无什么"风景历史"（由风景记录的历史），更不用说"历史风景"（在时间的河流中却不会移动的小船），在这里，风景本身就已经是历史的物化，而且可能是另一种"活着的历史"。如此，芜湖才成了货真价实的"历史城市"，就连它的名字和现实的对比，也折射出一个典型的江南城市的自然变迁。我希望了解的历史，不必是高清的照片，也许就藏在那份水利工程师制作的河流、山川的详细地图中，但不幸被我弄丢了。

只是，研究因自然而获得意义的历史的人们，也需要了解自然本身如何可以成为一种历史。[1]那，也是侯仁之赖以识别芜湖更长久的历史的关键。

---

1. "自然"和"历史"的搭配会导致某种不假思索的误会，也可能显示出某种内在的矛盾。比如老普林尼（Pliny the elder, 23—79）的经典著作 *Naturalis Historia* 以往翻译为"自然史"，"自然"和"历史"两词的寓意和我们通常所说的有所不同——自然的历史或者"志说"（historia）并不是以更新世、泥盆纪等这样的地质年代分期的科学记录，普林尼的"自然"也难免混杂了幻想和无稽之谈。尤其在当代，"自然"已经被我们赋予和人类世界对立的空间意义，它的属性、定义是外在的、客观的，而人所参与的"历史"却是特定的、因人而异的和随着时间变化的。

插图 33—36　记录芜湖市井景象的老照片
图片来源：作者资料

新闻与传说

记述一个地方的习惯由来已久，它是由这地方的人讲述的"自己的故事"，就像15、16世纪的威尼斯艺术一样。可是直到隋唐，大多数更早的中国"地记"，都还像是神话和传说——"语焉不详"。好像是冥冥之中某种共同的召唤，15世纪之后的中国各个地方，突然抓紧了自己的品牌营销，于是开始有了频繁的地方志修订。[1]已知《芜湖县志》共九次编修，其中修于宋代两部，修于明代三部，修于清代三部，修于民国时期一部。九部志书中有四部尚存于世，都是清代之后的县志，其他五部，特别是地方志编纂的黄金年代——明代，竟然没有一部芜湖地方志流传下来。

---

1. 颜蕙如，《安徽太平府旧志研究》，安徽大学硕士论文，2019年，第24—28页。

今日资料最为丰富的《民国芜湖县志》,事实上集成了现存县志和亡佚前代县志的资料。这些能够幸存的地方志,不完全出于偶然,也是各种历史情境中的有意为之,它显然扮演了官修地方历史的角色,汰选和重构了手边的历史资料。但是它又远不止于此,地方志的体例本身也在讲一个故事。牵涉到无数烦琐的考据,一部权威的地方志貌似是客观的,但是却不能和今日通过耳闻目见、考古发掘获取的信息相提并论。毫无疑问,今天信息传播过程中依然存在各种有意无意的"误会",而当时这种"误会"也绝非没有可能。但是经过认证之后的地方志,就像一本字典、一部传记片、一幕博物馆里地方的立体投影,充斥着一种"论定"的口气——以至于今日的芜湖历史,开篇往往说:"……据(民国)芜湖县志……"

在近代,"新闻"这个新鲜玩意儿在芜湖率先出现,最吸引人的,正是它那些与地方志相反的特性。新闻讲述的不是整体而是碎片,不是逝去的而是当下的,在变化的时间中,它慢慢塑造了一个地方不确定的形象,在具体而微的历史之中才看到了人的面目。尽管首先充斥版面的,还是那些清末"头面人物"的动态,撼动军国局面的"大事":

> 昨据芜湖友人来函。谓,本月廿二日,前两湖李制府扶太夫人官柩,于午刻到芜。即在制府胞弟公馆受吊,徽宁池太广五府一州各官均来吊唁,一时观者塞途,咸谓生荣死哀洵足母仪天下云。[1]

---

1. "芜湖近事",《益闻录》,1882年第163期,第176页。

毕竟是小码头。震动华东的芜湖大事件，其实没有几桩，其中最为突出的，就是发生在1891年的"芜湖教案"，它把清代芜湖开埠的历史划分为前后两截。通过"芜湖教案"，外国人在芜湖攫取了更多的特权和利益，促进了自通商以来芜湖事实上的全面开放；对于这个那时十万人口量级的小城而言，数千人走上大街的一刻确实是大历史的显形，最后法国兵轮和中国军队群起弹压，才平息了这次骇人的事变，善后牵动北京与"英国钦差"：

> ……四月初五午后两点半钟，匪类千百人骤然起变，直至五点钟始止。该匪先将天主堂焚烧劫掠，嗣烧中国海关，延扰英国领事署及海关四人之住宅。闻英领事已受伤，其夫人幸得脱逃……初六日，匪徒又复蜂屯，纷纷与西人为难……[1]

相对于仅见的事变，更吸引眼球的是在历史中埋没的"日常"。1879年3月16日在上海徐家汇创刊的《益闻录》，是天主教耶稣会在上海出版的第一份中文报刊，前后持续半个多世纪。它破天荒地同时使用了中国年号和耶稣纪年，既刊登"谕旨恭录""京报照录"这些国内外大事，也登出通商口岸的通讯员函送的"时事新闻"，出版频率一度每周两次，算是信息量相当丰满了。它虽然也报道一些"时务""西学"，但在今天的人看来，从芜湖传来的"新闻"，却都是些奇闻轶事和"社会新闻"，例如南乡牧童遭雷击，连牛一起身亡；易怒的市民陈某失手打死学童，等等。

---

1. "芜湖闹事"，《益闻录》，1891年第1065期，第211—212页。

你在其中看不到太多有关城市"发展"的讯息,若有,也常是些"负面新闻"。例如,芜湖开埠未久,它就真实记录了1883年发生的恐怖瘟疫:"近来各处时症流行,以霍乱急痧症疾三者为尤甚。"钞关雇员王某得病后,"越日即死矣";"医药之家,其门如市,而棺木铺中亦利市三倍云"。[1]新的传播媒体的特点,似乎就是把过去被史家略过的大事件中的小细节,及时、生动地传达到人们的面前,宛如今天的现场直播,在一个信息逐渐开放的社会中,城市中发生的灾祸,而不是平庸的现实,才是报章乐于报道的对象:

……天主堂养病院以西向有茅屋数椽,为贫户小民居住,十月二十日傍晚,因某姓老妇在家晚炊失慎,火即冒穿屋顶,延烧一下钟之久,始得救熄,内有一杂货店,当火起时,因零星物件不便搬移故,尽被回禄君取去云。[2]

……本月初八夜,玉漏三商,四边人静,忽警锣鸣乱,咸报河南浮桥下某富翁家火起。霎时间,火鸦四集,烟焰迷空,啼哭奔走之声,摧山震海。时正对姨作剧,施救为难,竟焚去八十一家,离明君始退避三舍。闻此番失慎,为无赖辈乘间种火,遂致燎原之祸,殃及池鱼也。[3]

在城市向高密度发展的过程中,发展耐火建筑和救火设施,是

---

1. "芜湖报牍",《益闻录》,1883年第296期,第460页。
2. "芜湖火警",《益闻录》,1889年第921期,第561页。
3. "芜湖大火",《益闻录》,1884年第367期,第279页。

各个国家在近代都曾经历过的。[1] "季冬以来，火患频仍"，尽管新的建筑比茅屋更能在火灾之中幸存，人们更畏惧的还是趁火打劫，在这个人心活动的港口，几乎成了通例，有时走运碰上官府衙役，"……在场弹压，匪徒不敢生心"。但是，处于彼此隔绝之中，传统社会组织松散，普通人远远不敌让他们感到害怕的那种力量，恐惧感难以消除。上面谈到的在芜湖被缉获的谈汉卿、王春亭、何老小、曾老五都是这种力量的化身，尽管他们组织的规模时常被夸大，但是如同"芜湖教案"中浮现的那样，在这种盲目喧嚣的力量面前，没有人会觉得毫不害怕。

但是新的公共力量确实在逐渐增长，终于，除了衙役和兵弁，一个城市有了自己的公共安全力量——"公安"——芜湖至今还有一个地名"公安街"记录这段历史——广义上的"公共安全"当局既包括城市警察，还有包括全面负责消防、医疗、路政……在内的机构，需要社会所有人的参与支持："刻下洋场大关，因建设市街工务局，将来经费恐不免税及房租也。"[2]

在正式兴建租界之前，芜湖的近代城市发展经历了一个二十多年的漫长酝酿阶段。在这个老码头上，清政府无法否认与西方人的合约存在，但洋人也未能很快驱逐旧商帮的传统势力。在此期间，城市市民是旁观者，他们的心理世界还处在新旧交替的门槛上。各种让人匪夷所思的奇闻，可以理解成商埠的江湖传统，《儒林外史》中已经有极生动的描写。同时，在"社会新闻"中，你也会看到一

---

1. "芜湖失慎"，《益闻录》，1883年第301期，第490页。火警，"各水龙鸣金驰救，因得扑灭，焚去草房二十四间"。
2. "芜湖小志"，《益闻录》，1886年第536期，第69—70页。

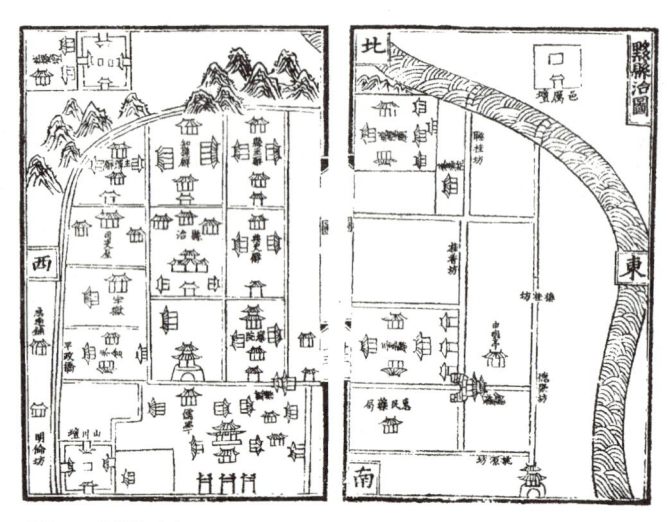

插图 37 弘治徽州府志（明弘治十五年刻本影印本）中描绘的徽州建筑，尚无显现出今日我们看到的那种"地域建筑"的特征
图片来源：弘治徽州府志（明弘治十五年刻本影印本）

插图 38 原题"1895 年天主堂墓地"（手书外文同义）。在这张不知地点的照片中你可以清晰地看到徽州建筑样式的山墙和墙后地中海式建筑本体的融合
图片来源：《芜湖旧影，甲子流光》，芜湖市文物局编著

个刚刚通向广阔天地的新"码头",欺骗和事故都算是入门功课:

> ……西门长街为往来闹市,商货骈集,烟户云罗。近有孩童结党成群,竹马丝灯,辄与行人滋事,且憨祯无耻,狡诈异常,少成若天性,习惯成自然。为之父兄者,曷其奈何,弗禁。[1]

不得不说,这种码头社会的遗风,构成了本地文化绵延不绝的一层暗黑无意识。即使在我小的时候,也可以从家长的恐吓里感受到这个地下世界的存在。在这些故事中,人与人之间是没有什么信任可言的,看得见的利益才是商业社会中最紧要的东西,为此人们可以不惜一切,即使相处很久的枕边人也能一夜人间蒸发:

> 南关雍某以白手起家,纳箧室一,曰七巧,本扬州良家女,宠擅专房,家事悉委任之。巧操持井臼,颇有贤名。近日,大妇死,雍拟扶正巧,不允,乃娶某姓女为正,仍服事维虔,家中上下益器重之。前日,伺雍他出,巧诡托回扬为弟毕姻,将所有席卷而逸,约值万巨。比雍得信,急侦追之,飘泊杨花,根寻无处。志此,为娶妾者戒。[2]

贼盗云集的名声让芜湖这个码头声名赫赫,成为真真假假的会匪觊觎的对象。偶尔,大胆妄为的贼人竟然也敢染指洋人的地盘,

---

1. "芜湖近事",《益闻录》,1883年第301期,第489页。
2. 同上。

"正月初七夜,领事署有梁上君子越墙入院,领事闻声即起,只失去时辰表一只,报县勘验正……"报道者接着用似乎有些怀疑的语气问道:"不知能缉获其贼否也?"[1]

即使县府大人也要高看的洋领事,也不见得能在茫茫人海中抓获偷窃他时辰表的小偷。但是整个时势显然站在他这边。现代的社会结构和公共空间一旦成熟,更繁荣的城市和人情就不可阻挡,"租界生意日繁,洋商亦纷至沓来,争贩外洋之货"——自然,这又造成了新的无序和混乱,"以致基地日扩,造屋招人,土木之功,有加无已",导致木价暴涨三倍。[2]然后又有不同的应对之策,周而复始。

琐屑无意义的世情,荡漾在安稳现世和另一些东西之间。它们往往解构了宏大的叙事,但是并不排除一些新的神话的诞生。"浪淘尽,千古风流人物"之余,滔滔的江水总会讲述不同的故事,一段流动的历史。不同的空间,本身就像是具备点化腐朽的魔力,除了让江中的旅客无辜送命[3],它还有关一个人命运的转折。

从小我就习惯了这种反差:一种正在成长中的光明现代,和不可知、不可驾驭的东西的对比。除了神气的现代设施,江边也意味着一些全然野性和让人恐惧的东西,它们让我害怕,又使我好奇。滔滔的江水,经常会把一些"杂货"冲刷到岸上,引诱着我,不顾大人的警告,走下码头的舷桥去寻找。

后来,我只有在一些更落后的发展中国家,比如印度、埃及,

---

1. "芜湖春浪",《益闻录》,1889年第840期,第75页。
2. "芜湖小志",《益闻录》,1886年第536期,第69—70页。
3. "芜湖春浪",《益闻录》,1889年第840期,第75页。

才重新看见这种原生态的岸滩。和上海那种外滩相去甚远，没有经过"都市景观"的收拾，未经喷洒除草杀虫药剂，没有把人和滩涂彻底隔绝开的木栈桥或者水泥平台，这里可能有自然和人造环境里各种被遗忘的东西，它们聚在一处尤其显得龌龊、危险。除了早已风干的人畜粪便、荒草芦苇、沙石荆棘这些司空见惯之物，可能还有更多的人的痕迹：碎玻璃、金属零件的残片、绳索的一段、木片、布片、建筑垃圾（潮湿环境里，锈钢筋和钉子容易扎脚，引起破伤风）、死狗或是不知道什么小动物的头骨（意味着肉常常被偷吃了）、有字迹的碎纸（多半是船票，或者那时常用于包装食物的油纸和草纸）、报纸（那时还不舍得随意抛弃，有时也回收用于包装食物和其他用途）以及逐渐开始出现的塑料袋、方便包装……偶然，也有较为完整的更有意义的"宝贝"，比如瓷片、钱币（不是古钱币），常见的活物有蛇（家长们最担心的东西）、青蛙和癞蛤蟆以及各种我们说不上名目的"蚂蚱"和飞的、爬的小虫。

洪水季节滩涂全被淹没，水位直抵防洪墙下，形成浅浅的一条水街，吸引着没有游泳馆的都市少年，扶着防洪墙前来戏水——在长江下游倒是没有血吸虫了，这曾经让水边居民闻之色变的三个字，但家长们依然严禁孩子们下水行走，更不要说在江中游泳。他们经常告诫我们，水不好玩，不干净。

——碧水东流……我记得，20世纪80年代早期的江水还是青白色的，以至于很多人在岸边栈桥上捶衣洗涤，等我再大一些，它就是"黄河"了——确实，江水并不干净，考虑到它有那么多的"内容"。尤其我有一次惊愕地在江边看到了死人，他被浪推到岸边，又被激荡回去，如此反复，涨得很大，惨白……从此，我就再也没有恢复过对这荒滩的好印象。

但是,像我一样爱好在这"荒江地面"寻宝的不止一个。那时并没有手机、微信这些,可是社会上总有一些不胫而走的传闻,好像石子投进湖面,涟漪一层层地在"朋友圈"里漫开,甚至波及小学生。好几次我们听说了什么,便跟着大一点的小孩去长江和青弋江口的"关门洲"凑热闹,去了那里,发现江心的沙洲居然可以涉水过去,多了很多我从未见过的人群——然而,鼓噪之余并没有找到什么"宝贝"。那里的发现比较单纯:大多只是疑似"宝石"的不起眼的石头,带有颜色就算不错。常见的是瓷片,属于不同的日用器皿,碗、盘、盏,上面如果有个什么字迹、图案,就会招来别人羡慕的目光。我去过两三次"寻宝",印象最深的一次,突然听到有人欢呼,人群立时围拢过去。我费了很大的力气,才挤到幸运者的身边,看清他手里是一个火柴盒,他骄傲地打开一半,里面是一块类似玉的青白透明的石头,上面刻着不知名的花纹。

那时我还没有听说过有关"关门洲"的真实历史,更无从揣测它的水文成因。但是有这眼见的一切,口传的故事,已经很过瘾。这里江水漩急,本来就是"警戒滩",江中的航标,沙洲上据说原有的仙姑庙,岸上的风水地标,都让我们对这块时而出现、时而消失的土地的魔力深信不疑:很多人曾经在这里丢下过金钱、首饰以及其他我们叫不出名字的宝贝……就像眼前唯一"古代"的象征——镇压河妖的宝塔,在它被埋没的基座下面,或者被草树遮蔽的"天宫"里面,也一定是有某种秘密存在的。

我从来没有想到过,"关门洲"的"门",也就是昔日中国腹地人民走向外面世界的门罢了。它首先是财富之门,"关"也可能就是从宋代开始的,《儒林外史》中写明的"芜湖关"之"关",明代以后的工关、钞关、关道署等,为了方便查验进出船筏的货物征收关税;关栅,芜湖人口中的"水城门",就设立在关门洲,船只列队等候通过——那正是开埠之后的西方摄影师看到的场面。"关门洲"对于金钱的敏感,与设关收税的既定功能有关:"提起南关卡子口,鸡鸭鱼虾都发抖,大雁飞过拔下毛,鹅卵石也能捏出油……"抽税对于商家固然意味着收入减少——须在关口"丢钱",但是对那些因商贸得利的人来说,通向更广阔江面的青弋江口,也是眼前魔力兑现的所在,就像狄更斯在《双城记》题词中所说的那样:"人们面前应有尽有,人们面前一无所有;人们正踏上天堂之路,人们正走向地狱之门。"

在芜湖,这种双面"关、门"的意义——走向大都会和新时代的庆幸与纠结,是同时通过社会风俗和貌似古老的传说流露出来的:

> 很早以前,有一对亲兄弟,从江西贩来一船新米到芜湖县……正值芜湖闹旱荒,家家粮食短缺,他们的一船米很快就卖完了。兄弟俩核计了一下,准备……第三天回江西……却看见了一张意外的布告……原来,皇上因兵饷不足,要江南各州府、县速解皇粮万石,白银十万两进京……县太爷急得几宿合不上眼。最后,他终于想了个劫富济贫的好办法……请所有在芜湖经商的富商大贾,包括外地客商,各按其本,抽捐一成……弟弟说应该捐款,哥哥说捐款的是傻子。二人从早上一直争论到中午,意见不能一致。最后兄弟俩决定分股……哥

哥……决定乘夜黑溜之大吉。宁愿不装货,放空船回江西,也不愿把白花花的银子捧给别人。就在这天半夜,他悄悄地溜出客栈爬上小船,顺着青弋江驶向长江。

顺风顺水,那小船行驶得非常快。他心里暗暗庆幸,只要小船一进长江,就算出芜湖县界,那就高枕无忧了。正当他准备用力摇桨的时候,就听"轰"的一声响,小船……搁浅在这小洲上了。哥哥……伸手往腰里一摸钱袋不见了,到船舱里一看,舱底一个大洞,连行李卷也随波逐流而去了……

从那以后,人们发现青弋江和长江的汇口处,总时隐时现地横躺着像一片柳叶的沙洲,来往船只稍不注意就会搁浅。大水时,这里水流回漩急速,驾船的老大也必须拿出真本领来才得过去,要是到了晚上,谁也不敢去闯这道无形的水关。人们便传说,这片小沙洲像是芜湖的一座水城门,对那些奸商来说,它不用守兵也永远是关着的。[1]

直到我有了某种人世起落的生活经验,才体会到这则民间故事的合理与不合理之处。它有关一种古老的道德训诫,既指示了金钱的魔力又暗示了它的原罪,即使不落入人性的陷阱,想要保有它也是徒劳的:"芜湖有个关门洲,芜湖挣钱芜湖丢。"就像一个无底洞一样,多惊人的财富最终都会在不可逆料的命运中丧失殆尽,《玄怪录》中的长安杜子春,不几年可以挥霍干净数以千万钱,一个人对

---

[1] 中国民间文学集成芜湖分卷编委会,《中国民间文学集成·芜湖分卷》,黄山书社,1997年,第174—175页。

他所能企及的财富的想象力中，既有速成的机会，也会在一朝一日中又回到原地。如同以芜湖为背景的《米》中，主人公最终又两手空空地回到原乡，这，就是一个新的都会的寓言——"据老年人说，过去凡是到芜湖来做生意的人，即使买卖兴隆，也别想带回去多少金银财宝，大多是装一船来，载一船去，除了在芜湖吃喝玩乐的用度之外，只能留下自己应有的本钱，否则，准出不了芜湖城"。[1]

民间故事并不纯然是一种传说，无法考据故事形成的年代，但是总离不开以下的基本元素，有着确切经济活动的历史背景，它的成因也就隐隐可见了：外地人（和我旧家有关的江西人）、长江航运和内河航运的关系、米市、自然灾害、捐税、"事故"……最终，还离不了"国家"这个要素：即使在灾荒年，皇帝也要从航运贸易中筹集军费。

在长江与青弋江的汇合处，这片"关门洲"，不知道已经延续了多少这样的人世的景观，它打造了一种意味微妙的本地文化——不用去书里寻找，看看人们实际的行动就可以。

> ……只有枯水季节才显露出来，即使完全露出水面，也最多几米高，只有几片足球场那样大的面积，而且上午慢慢显现，到下午太阳快落时又被水淹没了，仿佛江水是它的大门，傍晚就得关闭一样。大浪冲击后，总会有历史的遗迹残留在上面……露出水面的时候，沉寂的关门洲立刻热闹起来，市民们

---

[1] 中国民间文学集成芜湖分卷编委会，《中国民间文学集成·芜湖分卷》，黄山书社，1997年，第174—175页。

纷纷乘坐过渡小船来到这个不毛之地,有的人观光,有的人戏水,更多的人是来寻宝:他们拿着袋子、篮子、钩子、铲子,在洲上挖掘搜寻……[1]

"关门洲"有另外一个名字"鳌洲",不仅因为看上去像鳌背,也来自于它和鳌的习性的相似——和鳌生活的地方一样,时而水下,时而水上的这种风景。

---

1. 芜湖市地方志办公室编,《芜湖风光揽胜》,黄山书社,2006年,第172页。

无名的和未名的

无论如何，能够真正拿出来细细描摹的、那大片的、茫茫不着实处的江上风景，也是人们可以理解的，可以赋予意义的。哪怕有些细节暂时被埋没了，和现状拉开了距离，或者只剩下没有确指的、破碎的信息，一旦，我们将它们和那些有数的印象共同拼成一幅立体的画面，连缀成有真实姓名和场景的故事，演绎为静止和爆发的变奏，它们就像我们身边的这条大河一样，真正流动起来了。

过去可以长久流传的，其实也是历史中真实发生过的，同时也是要援引为未来所借鉴的东西，两者从不矛盾。无论你在其中填充多少事实，最终，历史还得是能够触动你的历史；历史，也就是将要在明天的城市发展中实际起作用的那些"剩下来的"图像和结构，正如凯文·林奇所说："假设变化也是一种循环，将前进的时间想象为一系列永恒的、对照的、互为因果的反复……衰落和瓦解只是表象，随之而来的必是重生"。[1]

即使当时未能引起人们注意，不足以成为绝对的主流，像《儒林外史》这样的叙事，萧云从的山水，六朝诗人的辞句，最终代替短暂生命的建筑，成了城市的纪念碑，证实了诗人叶芝对于文字传统的自信。但问题是，这些山水和辞句在地方史志里结晶，最终又在新的时代中，被枯燥的、无人问津的卷帙埋没了——凯文·林奇告诉我们，伊斯莱塔居留地的老人坚持讲述，而不是记录古老的故事，因为如果没有人再讲述这些故事，他们觉得这些故事也就没有存在的必要了[2]——这种想法也适用于保存"地方"信息的一切手段：图像和结构的发生和阐释机制应该是同一的，或者，一个地方给人的纷繁的印象，其实是可以变换、统合在一起的，最终演变成它实际的存在。只要你不急着为这个地方的故事写一个过分简单的结尾。

许多年后，我逐渐了解了"我们"在别人心目中的样子，理解了"双向视线"的相对性逻辑。你自己理解的具体的生活，是"没有形象的感觉"，也就是一张明信片式的江岸风景中广大的背景："底"（background）。"底"和前景中少量的"图"（figure）构成了鲜明的对比，不熟悉这种生活的外来者一眼看到明信片时，他们的印象既强烈又浮泛，求异甚于求同，是"没有感觉的形象"[3]。由"图"和"底"的

---

1. 凯文·林奇，赵祖华译，《此地何时：城市与变化的时代》，北京时代华文书局，2016年，第68页。
2. 同上。
3. 克利福德·格尔茨著，杨德睿译，《地方知识》，商务印书馆，2016年，第99页。在格尔茨看来，这是关于自我的一个二分观念："……一个情绪凝若止水的内在世界与一个举止谨饬有节的外在世界相互对峙，犹如面对他们的两个截然不同的领域，可以说任何特定的个人只不过是这种对峙的短暂交会点，是两个领域之永恒存在，永恒分离以及维持各自的秩序之永恒需求的一次倏然而逝的显现。"

并存和对比，这样的地方才建立起了最基本的空间意义，具备了有识别性的、起码的"特征"——要源源不断地产出这些意义和特征，"图"和"底"将缺一不可。当一个地方的故事再少有年轻人讲述时，写作《芜湖日记》的纽约客艾米莉，她的异国误会也就不太奇怪了。

无论本地人还是外乡客，都需要在河流上，而不是在明信片里理解"变化"。

在19世纪开始大批来华的外国人心目中，有始无终的风景反而是最富于魅力的中国"特征"，道理正是如此。即使那些充满偏见的西方闯入者，比如托马斯·布莱基斯顿（Thomas W. Blakiston，1832—1891），《扬子江五月考察记》的作者，一个兼有远征军军人和博物学家身份的英国人，在1862年看到芜湖附近的江景时也不禁为之所动：

> 事实上，我觉得芜湖和安庆……之间的风景可以和长江任何一段媲美。当然，这里没有上游那些奇险迫人的风景。不过这一段有美妙的山脊线，远离江岸而展开，其间点缀着低平的岛屿，现在宽延为湖泊一样的形式；美丽的部分有着树林的山坡伸展到密集垦殖的下面。偶尔有村庄……远远的宝塔，表明一座城镇的存在，只有沿着细小的运河般的溪流可以到达；然后，随着大量白帆船的出现，显然有生气了；渔夫操控着精巧的渔网，一些苦力走在堤坝上面，他们的同伴在下面远处的水田里干活儿，两个看上去似乎更体面的人坐在手推车里，沿着一条

铺砌的路行驶着。[1]

刚刚经历了第二次鸦片战争,中西方的不平等关系正在迅速走向充满张力的新高点。但是布莱基斯顿同时也是一位自然博物学者,如同巴夏礼一样,他看到了太平天国战争对于芜湖的惨烈破坏,布莱基斯顿谈及他看到的中国之命运时充满了悲悯,却没有提到西方列强也是其中破坏性的力量之一:

> 这一切提醒着我们,这乡村是旧日世界的湖光山色,这河流却是新的世界,但人民,人民是中国的人民,只有中国才有。然后一个人就不禁发出这样的感想:如此和平勤奋的人民却注定遭受灭顶之灾。战争的命令已经送达,"杀戮和毁灭"……宝塔必将倾倒,村庄上很快就会腾起大量的黑烟,有船的人会逃走,剩下的只有做奴婢,田地荒芜,堤坝坍塌,到处荒寂,因为太平天国的统治已经开始了。[2]

话锋一转,布莱基斯顿从这种宿命里看到一丝乐观,他将"自然"本身看作挑战历史悲剧的力量:

---

1. Thomas W. Blakiston, *Five Months on the Yang-Tse: And Notices of the Present Rebellions in China*, Adamant Media Corporation, 2002, p.57. 取决于天气好坏,在这段航路上行驶的外国人也有不同的观感,半个世纪后在长江上旅行的威廉·埃德加·盖洛便觉得"……航道弯弯曲曲,沿岸的景致大多索然乏味"。威廉·埃德加·盖洛著,孙继成译,《扬子江上的美国人》,山东画报出版社,2008年,第39页。
2. Thomas W. Blakiston, *Five Months on the Yang-Tse: And Notices of the Present Rebellions in China*, pp.57—58.

不过,是"海洋之子",河流依然沿着它流经之处,向着养育它的大海方向,涌动不休。山脉不会移动。东方明亮的天空依然高高在上,政府和人民会改变,但是自然还是那个自然。[1]

是的,当人事汇聚成的"文化"在当代呈现出疲弱的状态,这看似中性的"自然"反而蕴藏着一种更深沉的潜力。它是最能跨越文化、行业和意识形态边界的,最具统合意义的。只是,它又无法简单地被看成一种类属客观的技术问题。在塑造一个地方性格方面,文化—技术的分野已经失效:风景的营造一方面毫无疑问是"实践"的问题,另一方面,推动每个实际问题决策的前提,又可能来自这本书里提到的方方面面。

我不知道,是谁在20世纪90年代中期具体决策,推动了影响我旧家命运的那次"改造"?[2] 尽管参与建设近代长江沿岸的是环境科学家、水利工程师,以及交通运输、农林等各领域专家,乃至政治家、经济学家、财税专家、市政管理专家……但是,只有研究规划与建筑的人,至少是能挥笔作画的艺术家,提笔创作的文学家,

---

1. Thomas W. Blakiston, *Five Months on the Yang-Tse: And Notices of the Present Rebellions in China*, pp.57—58.
2. 20世纪90年代的芜湖城建档案预示着接下来十年更使人瞠目结舌的城市大变化的制度基础,而围绕我生长街区的巨变那时早已开始。1992年5月19日,芜湖市城市规划局成立。同年11月11日,启动江滨防洪墙工程,12月28日,集零售批发为一体的"吉和市场"隆重开业。1993年以徽派风格"改造"了至今仍有争议的十里长街。1994年5月25日,颁布了《芜湖市市政建设拆迁实施细则》。1996年1月15日,"吉和市场"已经升级为"吉和街蔬菜副食品批发市场"并开工建设,同年4月30日,《芜湖市实施〈中华人民共和国城市规划法〉细则》施行,6月12日,"芜湖市城乡建设委员会"更名为"芜湖市建设委员会"。2001年4月28日,占地1.2万平方米,投资2310万元的吉和广场建成并投入使用。芜湖市建设委员会,《芜湖市城市建设志》,《大事记》,2004年,第185—194页。

才提供了这种现实工程最直接的动力。因为只有他们才知道，相对于脑海里不甚清晰的回忆，现实中的城市应该按照什么样的模板刻画出来，或者至少是告诉人们它应有的样子。尤其是建筑学，它的工作对象既构成了人造环境工程最基本的细胞，按照传统的习惯——尽管这种习惯在当代越来越不合时宜——它也试图将它所设想的城市一笔笔"画"将出来。对于上个二十年的当代中国，这个领域的专业人员造成了城市里最显见的变化，即使那些从事"园林景观"行业实践的佼佼者，往往最初也是受到建筑学的训练。

一旦一种地方形象落实在设计的图纸上，也就迎来了贯穿本书始终的矛盾：我应该如何看待自己曾寄托生活、现下书写及未来工作的对象？对它有过高的期待，赋予过强的主观是不合适的，那样，不用考虑是否符合某种中立的学科标准，首先就超出了我们的现实能力，生生拔高"平常"，用"三线"去效仿"一线"只会带来东施效颦的结果。但是，如果只是立足于"普通"，你也将有违这个专业首要的规训，像丹尼尔·布南姆（Daniel Burnham）所说的，要做"让人热血沸腾"的规划，要让一个城市看到光明璀璨的远景。

在建筑领域，这种"高等文化"（high culture）的出身和平凡施用对象之间的矛盾渊源已久。其实，"high"和"low"在英文的原意，并非充分传达汉语之中"等级"（class）的强烈含义，比如"high sea"是指"外海"，"high renaissance"不过是对一种事物臻于高潮的描述，"高等文化"因此更好是"嗨（高）文化"，"高等建筑"得写成"嗨（高）建筑"。一种处于很"嗨"状态的东西，确实要和日常拉开距离，当这种观念传达到我们对于身边环境的判断时，就不免出现了很多我们自己都不大会注意的"歧视"。

那确实也就是江中摄影者和岸上人之间的差异。

建筑"式样"（style）这件事就是一个极好的例子，它构成了新的城市远景的出发点，对于我们所说的"高—低""有名—无名"，它能把抽象的争论落实到物质文化的操作层面。中国现代建筑学科的草创者，首先是从"官式建筑"以及它在西方建筑传统中对应的"高级建筑"出发的，无论是他们的支持者还是论敌，都不会怀疑他们的研究对象所代表的"首要的"意义——建筑一词的词冠"arch"，最初的意思也是"首要的"。有了这层潜意识，即使后来中国营造学社的某些代表人物转向研究"乡土建筑"，他们关注的其实也是"首要的乡土"——精彩绝伦的民居建筑。

近世芜湖的文献中很少提及乡土的建筑样式，牌坊、桥梁、寺观……这些或者涉及实利，或是事关礼制，与普通人无关。传统地方志中"建置志"虽然有"街巷"一项，大户富商虽然在乎华屋广厦，讲究装饰的豪奢和等级，但是"风格"似乎只是当然的选项，并不是值得特别注意的对象。和传统体系的"首要"相比，新的文化逻辑是"区分"。

如果说在芜湖这样的新兴城市，一个人要夸耀自己，在那时候就已经远远跑在了别人前面，"我有彼无"，那么他的选择肯定是西式营造加本地施工，"中"是因为别无选择，"西"是因为大势所趋。就像我曾经居住过的大宅一样，这种中西杂糅的"式样"才是当时最时髦的。就像前面提到过的，中式建筑为了采光在瓦屋面上做老虎窗，不太标准的柱式也显得格外神气，西式房屋尽可以采用徽州建筑的山墙样式——尽管在后者而言，山墙的造型和建筑的搭配还须取决于建筑内外的关系，但是江边雨后春笋般涌现的新机构，显然已经比建筑学家走快了一步，早在一百五十年前就发明了某种形式的"立面主义"（facadism）。[1]

徽州商人在芜湖立足已久，是芜湖十大商帮之首。直到徽杭古道变得真正通畅，或在贯穿南北的高速铁路建成之前，皖南另一个重要"地方"的徽州人，都不得不把芜湖作为他们走出故乡第一个重要的中转站。倒过来看，芜湖和它东边沿江的地理区域的关系，本来远胜于江北和江南的、徽歙为代表的皖南腹地，甚至，因为"古中江"的联系，太湖流域的吴语文化也能轻易地辐射到"江东"边缘的芜湖，而芜湖人听徽州话如同外语。但在清康熙六年（1667），拆江南省为江苏、安徽两省，芜湖就和省名中的"徽州"因此发生了更密切的政治经济联系。[2]1949年5月13日设立的皖南行署，加上1905—1985年费时八十年建成的皖赣铁路，打开了"皖南旅游区的北大门"，无疑也在区域发展中拉近了原本隔绝的芜湖—徽州的陆缘关系。

但是徽州建筑"逆袭"芜湖城市风貌则是另外一回事。在成为建筑师这现代"营造师傅"笔下的墨线图稿以前，稳定的芜湖"本地

---

1. 芜湖近代建筑至少有四种不同的选项："……新建筑体系中的欧式建筑风格和现代式建筑风格，旧建筑体系中的中西合璧式建筑风格和芜湖徽派建筑风格。"葛立三，《芜湖近代城市与建筑》，228页。葛立三指出，除了那些仅仅是外表的"徽州"的发明，芜湖徽派风格最突出的特点是它融入了新兴商业城市的语境，无论是住宅还是商业建筑都是以一到三开间作为单元，通过多重天井组织起了多进的连片建筑，直至构成整个街区。同书223页。
2. 芜湖开埠后加快了与沿江城市的联系，同时更加强了帝国主义列强对安徽腹地的掠夺，皖南地区的特产比如茶叶成为安徽省货值最高的输出物资之一。鲍亦骐主编，《芜湖港史》，武汉出版社，1989年，第40—41页。

风格"并不存在。"半殖民地半封建社会"的城市建筑本是无甚特色，风格混杂的。1949年后，本区域的几所重要的建筑院校开始了大规模的乡土建筑的测绘调查，"乡土"开始得以重建了。比较早的对徽州住宅做系统调查的是南京工学院的相关课题组，在刘敦桢1956年发表于建筑学报的《中国住宅概说》之后，《徽州明代住宅》可以看作一项延续性的成果，由此之后，徽州建筑受到了广泛的关注。中国现代建筑学中添设了"乡土建筑"这一门类——"徽州民居"的概念，就是这种大规模的"乡土建筑"调查的最著名的成果之一。

"乡土建筑"在今天的城乡观念中带着一种泥土气息，蜂拥在油菜花盛开的田间地头的徽州速写和水彩画加深了人们这种印象。其实大规模"乡土建筑"测绘的对象都是徽州最杰出的建筑设计"作品"，远非一般人家的"民居"可以比拟。这种"测绘"偏好于建筑结构或村落布局，倚重于笛卡尔式的建筑制图（平面、立面、剖面），止步于粗线条的"本地风格"的勾勒，"风格"在此既是本地的，往往又是无特殊社会"内涵"的，只能潜藏于"如画"的景观之中；与位于城市的"民族风格"和"官式建筑"相比，特定的"乡土建筑"和特定的社会礼仪的联系更加松散隐蔽。长期以来，并没有多少理解乡土的人类学家参与这种测绘调查工作，对独力描摹"徽州"面貌的建筑师而言，"乡土"本身的意义，是一片甚少有人去探索的深水区。

19、20世纪之交的西方殖民者将中国城市误读为乡村，是对江南"城—乡"混融的地方风景的一次武断总结，景观统合了城市。一百年后的"城乡一体化"中，"乡村"却倒过来影响了城市的面貌——但是这次，却是以正好相反的方式：建筑征服了景观。

西方建筑学对于地方建设的观念，重新塑造了整个区域的面貌。

"后院"徽州保存完好的那些白墙黛瓦,逐渐成了当代芜湖城市建设的标准式样,由于徽州建筑类型和现代建筑较好的空间搭配,它甚至成了席卷全国的"新中式"风格的代言人。[1]1993年,在全国性旧城改造风潮影响下,富于争议的"徽派风格"统治了重修的十里长街。在建设部颁发的建筑标准图集中,"徽派风格"的适用范围也从"原徽州地区"扩展到"适宜营造徽州地方传统建筑的江南地区",代表着一种以普适的建筑学原则征服城乡差别的可能性。如果说,过去的芜湖选择徽派还是一种"屈就",那么,更加阔气的伙伴们比如江浙沪——甚至北方和岭南——的豪华酒店都以"徽派"示人的时候,连贝聿铭的建筑都神似徽州"一颗印",迪美美术馆都有了徽州大宅……摆在现在更无建筑亮点的芜湖面前,就没有多少"风格"的选择了。

我们很容易理解,"徽派建筑"并不一定是徽州建筑。由于完全不相似的山水格局,徽州建筑和徽州山地之间的天然联系,只有极少城市才可以相比[2],即使抛开这个狭义"文脉"的问题,其中隐约的困惑,究竟是徽州的古"城"建筑还是它的古"村"风景(这里两者都是现代意义上的概念)才可以代表"安徽"的"地方"?

在这种"城—乡"暗渡的戏剧之中,西方建筑的类型理论起了黏合剂的作用——"四合院"的城市模式,在城市之外风景中退潮

---

1. 张仲一、曹见宾、傅高杰、杜修均,参见《徽州明代住宅》,建筑工程出版社,1957年。以及清华大学建筑学院、中国建筑标准设计研究院编《地方传统建筑(徽州地区)》,2003年,图集号03J922-1。
2. 章征科,《从旧埠到新城:20世纪芜湖城市发展研究》,安徽人民出版社,2005年,第208—212页。

露出的"沙洲"上,当代建筑师们捡了宝贝。他们试图将乡村风景里的"空间"予以抽象,认为传统中的山水空间"类型"具有自我更新的神奇能力。[1] 一些研究者提出地形空间、聚落空间叠加的空间概念,原本是强调特定环境对于建筑类型的影响,但是,为了加强"类型"的普适性,他们又不能不夸大"城—乡"环境的同一性:"三者(其实)是同一事物在不同的三个层面上的表现……任何聚落空间的背后都存在有某种潜在的非定形的力,这个力就是空间概念,并且这个力具有相对的稳定性。"[2] 这样徽州模式就真正代表了安徽——不仅如此,它还重新发明了中国建筑。

此类"空间"的概念,其实是非历史的、抽象的、远离实际人情的,唯借力于过去时代"城—乡"依存的传统,将现存的"乡村"错认为一种普适的理想"故"乡意象,才可以无视今日"城—乡"在政治学和社会学上的差异。

最重要的是,这种新的雄心勃勃的"著名",抹杀了昔日无意义的"未名"或"无名"。

---

1. 阿尔多·罗西的类型学无疑是以城市为中心的,它不仅适用于那些在历史中发展出的城市也适用于新大陆从无到有的聚落,"当(去美洲殖民的)先驱者踏上这片广袤而陌生的土地时,他们必须建造城市";在罗西看来,城市是一个人造物体,建筑的法则决定了它的主要逻辑,"建筑不可避免地要出现,因为它深深地根植于人类的生活之中";"作为城市是人造物体这个假设的核心,主要元素具有相当的明晰性"。阿尔多·罗西,《城市建筑学》,中国建筑工业出版社,2006年,第17页,第29页,第98页。
2. 王昀,《传统聚落结构中的空间概念》,中国建筑工业出版社,2009年,第28—29页。作者在调查中国西南少数民族建造村落的访谈中,见到没有图纸就可以盖房子的状况,所得出的结论是在此之前"其形象的整体已经在村长的头脑中形成了","将空间概念转化为实际的聚落空间的建造过程中,在聚落空间还没有实现之前,聚落空间的像已经存在于人的意识之中,至少在观念上存在着"。

应该说，这样的转变并不是孤例，而是大量地出现在以"景观地建筑"或"园林建筑师"自况的当代中国建筑师中，他们依然是改变地方城市最主要、最直接的力量。由"城市景观"到"乡村建筑"，再到"城市乡村风格"，可以看成是城市—乡村—城市的一次语义循环，它既是物理类型的转适，又是文化意义的再生。[1] "礼失求诸野"，在很多时候，当代素朴的"乡土"建筑还意味着对现代文明具有抵抗意义的"传统"，它在肯定了乡村的传统美学价值之余，将其物理容器也连带作为不可能再存在的"传统"（"故"乡）的载体，和上述由对立的空间意义（"城—乡"）转向均一的数学指标（"城乡一体化"）的过程类似。

对于过去的乌托邦想象也导致了抽象的概念"工具"（乡土中国）逐渐被固化为现实的人居"范式"（山水城市）。

不管他们怎么想，其实他们怎么做才是最重要的。无论是"乡土"，还是"反乡土"，它们出现、成功、失败……的速度，都让人眼花缭乱——因为本质上它们采取的方法论和技术手段并没有什么两样，由"古典感觉现代营造"最终又堕落到只能是"看上去有点像"的新旧杂糅。

今日中国巨大的城乡差别本是近代化带来的新的后果。随着西方城市观念而改变的中国城乡秩序中的"城市"将会更像城市，趋

---

1. 安徽本地的传统中不乏这种以"自然"置换"人文"的实例。晚明以来造访徽州的江南中心地区文士对"新安佳山水"的精准选题有效地冲淡了鄙陋远地的不利印象，徽州建筑本身却很少被提及。在当代，由"景观地建筑"，"建筑"类型和"山水"格局引人注目地携起手来，成为新徽派城市建筑的范例。参见《绩溪博物馆》，李兴钢、张音玄，刊于《建筑学报》，2012年第4期，第32—39页。

近西方城市的样貌,而原本中性的"乡野"如今已经成为城市的对立面——在笼罩一切的巨型楼盘面前,它在城市里的回归不会是凯旋,顶多是"还魂"。它是通过西方建筑学的抽象"类型",才得以短暂占据舞台的中央。

假如,这并不是延续至今的"乡土"最好的结局,那么,到底什么才是其他的营造"地方"的可能?尤其是对于想要出名,最终又不得不在白热化的竞争中接受"无名"的那些地方而言,这会是一个困难的问题,有可能一问就错。

"无名"可能有两种不同的解释:一种是压根就不曾"命名"的,另外一种则是未曾"著名"的。前者有关于大规模的人造世界秩序的由来,牵涉到集体和个体之间的分野,个体如何涌现,并且融入集体?那些不曾进入文化书写的,就是"沉默的大多数",但未见得没有价值,或者无法理解;后者,则牵涉到体系等级的排定和利益相关的现实抉择,很难有什么固定的答案,就像由于人的学习能力的极限,出身背景的不同,有关如何获取相对更有价值的、更有意义的知识,可能存在一种天然的差异乃至"歧视"。

无论哪一种,"无名"一直都在和"有名"不停地彼此反转。

在今天的文化氛围中,"无名"也许会重新获得无条件的美誉——"以人民的名义"……但是"无名"就是难以描述,或者和"有名"简单对立吗?也是为了新开始的写作,能以第一人称开始这本书,我又翻开人类学家克利福德·格尔茨(Clifford Geertz, 1926–2006)的一本旧书,格尔茨并不单纯相信特里林(Lionel Trilling)所说的"生活本身"。在《地方知识》中,我一眼就看见这样一句话:

"差异性确实比一种头脑简单的'人就是人'式的人本主义所可以想见的要深刻得多……"[1]

读者会发现，以上我出于各种目的所挑选的这些不同来源的材料，不管是地图、照片、艺术作品、小说、诗歌、方志、旧报刊……无论它们是内部资料、个人心得还是学术巨著，竟然也有着某种内在的共通性，它们在一起的意义不在于肯定什么，或是简单地否定某一段过往，就像凯文·林奇所说："……找到一些年代久远，神秘莫测的碎片，它们的意义暗藏于表面之下，恰如深水里影影绰绰的鱼群……"[2]

读书何为？远行何为？解开现实之锁的钥匙，难道仅仅是在专业课本之中，或者是在隔得那么远的异乡吗？最后，绕了一大圈，它们又回到了某种"地方知识"。

因为我毕竟来自那里。

2020年4月6日完稿
2022年6月22日修改

---

[1] 克利福德·格尔茨，《地方知识》，商务印书馆，2016年，第66页。
[2] 凯文·林奇，《此地何时：城市与变化的时代》，北京时代华文书局，2016年，第65页。

尾声

在上大学的时候,就连京沪线这样的区域大动脉,也是和地方街道交叉的。那个年代的火车速度不够快,清晨、傍晚,每到一个区域车站,满满的城市上下班的人群常等在闸口,推着自行车,拎着菜篮子和公事包。火车慢速通过闸口,旅客甚至看得清这些陌生城市的陌生人的表情:他们喜悦、焦虑、平静、漠然。

那时依然年少的我,脑海里总会按捺不住地蹦出这样的念头:我为什么没有生在这里(或者,那里)?如果有天不再有机会出门,只能在其中一个平凡的城市待下去,生老病死,我的人生会有什么不同?当我们的列车隆隆驶向下一个停靠站时,那些曾经面对面的人,也是在周而复始地走向他们的日常:这里有顺利也有不幸,但是毫无疑问会激发出看不见的无边的能量;他们的理性、欲望、信仰……聚合成了我们短暂看到的城市：复杂的灵魂，琐屑的外表和蓬勃的生气。

那个时候，我禁不住也会有这样的问题：人的一生，和某个"地点"之间的因缘如此奇妙，我，为什么不是生活在视线的那一头？除了北京、上海这些大城市，能够成就少量东南西北人，也还有很多人，一辈子就待在一座小城市中，偶然被旅行者瞥见，在时间长河中，他们并不会留下显见的踪迹——他们，是后来我们学会的那个词所概括的，"沉默的大多数"……虽然一个人的眼界有高有低，你不能低估一个具体的生命有具体的情感的浓度，不管他或者她的成就大小，千万种散发着热气儿的人生的颜料，一旦，如此真切地一笔一画涂抹在同一个空间中，年复一年，便无法让人忽视。是这些东西的作用和关系，构成了真正打动人心的城市的历史。

如果不是18岁那年毅然决然投奔了离家数千里外的北方大学，我理应也有很大概率，日复一日等候在铁路闸口旁的。如今高铁线路已不会轻易和城市人交叉，从老家最快可在五个小时内抵达北京，但是"日常"和"非常"间的沟壑，并未因这些增长的便利彻底消失，对于大多数中国人而言，故乡依然为本地，而"世界"终究是梦境。你若能像看电影一样，把他人平凡的生活作为消遣的剧情，而不是视作消磨的过程，是一种大大的奢侈……明知如此，我还是时时思考身份转换中的人生哲学：虚拟的指称抹平了物理差异，在声名重于一切的现代社会中，"平凡的世界"到底还能剩下什么价值？

长期以来，我一直对古代中国的"域外笔记"感兴趣，也买过卡森（Lionel Casson）类似于《古代世界航海史》（Ships and Seamanship in the Ancient World）的全套著作。积攒这些有关一个人置身陌生语境的文化史资料，为的是有一天可以写一本有关"故乡"的书。

也许，还想写一篇有关唐朝人从海路回故乡的故事，取材于唐代杜环的《经行记》——其实，一个人的每篇日记，写的都应该是"故乡"，人的基本世界观，的的确确，是在比较"外面"和老家的不同中逐渐形成的。我相信，不管出身如何，最后选择什么样的人生道路，一个人的成长空间是至关重要的，他在其中可以看到世界的变化和危险，他的潜力和局限，最终，他得选择自己可以承受的安顿他人生的方式。

我时常庆幸生长在长江边，对我童年有限的见识，这条河流实际起了"扩容"的作用。如果说，小城的困顿价值可疑，个别而偶然的经验无可救药，那无边的茫茫大水，给了我一丝超脱的灵光。就连什么都知道的北京孩子，现在也意识到，作为站在变化洪流中的中国人，面对的是一套新的有关"天下"的知识：如同长江的故事所讲述的那样，没有一个不变的"地方"，可以穷尽一个人对于这个世界的好奇心。看起来，东方人或西方人航海的历史并不直接相干，但我记得伊阿宋的故事对我这小城心灵的撞击：在大海和水手的词语里，并没有静止的，仅仅是由出生地决定的家园，也没有简简单单的归属或服从的感情，不管有多少眼泪和欢笑，在航行中，都会在枯燥的日光和空气流动中很快风干。我生长在长江之畔，我曾经在别处写道：江水让我熟悉了一种随波涛起伏的生活，当然这和"海洋"还差点儿距离，但从此，它让我对变动不安的旅行者的世界有了一种梦想。

詹姆斯·唐纳德（James Donald）也说城市是种梦想，"一种想象性的环境"。城市存在的、统一的和稳定的再现，需要直观的、视觉性的表达，它们表征了那些"历史的和地理的专门机制，生产与再生产的社会关系，政府的操作与实践，交往的媒体和形式……"他说的，首先还是那些相对知名的、内涵和所指稳定的世界城市，他，以及调查"城市意象"的凯文·林奇，并没有说明他们会选择居住在哪一座城市——很多西方人已经淡漠了"故乡"的概念，也不曾交代被他们从成功案例中剔除掉的"普通城市"的下场，对于千千万万无法选择他们出处的平凡人而言，后者却不是可以绕行的问题。

这个意义上的故乡景观，不仅是指花花草草，同时也是新的中国城市赖以立足的"想象性的环境"。在今天想象和梦想都是那么当然，但它可能会把本地人带离他们祖祖辈辈已经熟悉的日常。

——听起来是否有些言过其实？可是，当我回到家乡芜湖，一座长江边一百五十年前崛起的港口城市时，一下子，便觉得类似议题的现实和紧迫已毋须强调。城市的主政者面对着日日翻新的城市天际线，各色建筑事务所，竞相来角逐这里的"江滨花园""罗兰小镇""鸠兹古城"：他们要么急于让它融入全球化的风景，要么，就得声称已找到某种"传统"美学的依托，就连真正的"古城"也不再平静……看来，这样那样措辞的"都市景观"绝非学者自道了。

"都市景观"常翻新的画卷，是人和城市确凿的、即时的、双向的联系；"想象性的环境"既是城市的自我期许，又意味着置身于城市外的人，把"城市"作为客体加以改造的开始，默默之"无名"，在现代性的风暴之中已经无法立足——城市人，哪怕是一个偏在一隅的中国三线城市人，一旦怀着这样潜移默化的图景，便可以能动地改变城市的结构，并在不同的故事里重新渲染出城市的现实来。

每个人都希望自己的故乡变得更加迷人、出众，但是目前的成果却是差强人意的，它使得一个人真正成了孕育他的土地外的客体。故乡没有成为威尼斯、巴黎左岸、英国小镇……相反，它却轻易毁掉了自己赖以辨识来路的过去。如同本书中交代的那样，从一条名称不甚雅驯的"鸡鹅街"开始，在 20 世纪最末的十年内，我的成长地经历了"吉和市场""吉和街蔬菜副食品批发市场"直至"吉和广场"的升级换代，但是依然没能回到那个令人神往的、"天际识归舟"的满溢诗情的时代。

讨论这一切并非要把城市的哲学和现实对立起来。中国城市不缺"如诗如画"的传统，古代文学艺术的描写中本就重"景观"而轻"市井"，典型的现象是常把城市描绘成乡村的模样，对于人工环境的描写常语焉不详，却着意强调、夸大城市的风景，乃至淹没了城市的实质。虽然堪称历史上的"皖江巨埠"，又自矜得天独厚的"半城山半城水"，我的故乡同样未能有效地平衡和调和它的经济、观念和日常，也许，现世财富的创造，理应和更高的文化追求肩并肩地走在一起？但是显然，迄今，整个中国范围内的城市实践，都还不敢说能交出一份优秀的答卷。

这种探索，或许仅仅是中国城市真正"现代化"的漫长之旅的前奏。我们印象之中的古城总是那种城堞之中晨钟暮鼓的样子，但是在明万历三年（1575）重新筑成留存至现代的城垣的芜湖，在一堆平遥、苏州、大理……之中谈不上是断然的经典。一直和区域地理及历史大势脱不了干系，它的都会特征并非绑定在一种呆板的建筑类型上，而是顺应了"变化"的潮流，从而时时创造出不同的城市意象。位居区域经济的要路，并依托于线性延展的繁庶水岸，近代的芜湖慢慢成为一种特殊类型的新兴城市。相应的，自此以往它有了并行的两种意义：一种是大写的传统区域中心，服从政治与行政，是难以直击的"想象性的环境"，随着历史变迁几近埋没；另外一种就是江上的旅行者和外乡客所看到的，沿着青弋江—长江沿岸繁忙的商贸而线性展开的图景，在开阔的天际线中，城市既有大致确定的所止，也分明"历历在目"。

更加栩栩如生的故乡的故事，要等到"新""旧"交集的时刻才能浮现，对于如诗如画的、新的"都市景观"实质的冷静观察，也只有来自另外一种文化的眼睛，不加溢美的无情评论。在这个意义上生长起来的观看城市的不断更"新"的角度，同时也造就了一个无始无终的"旧"中国的嘈杂样本，生机勃勃，但是难免粗糙、不确定和混乱的"新"的日常。在最初，这种两分的"新"和"旧"往往意味着殖民者和本地人的差别，也意味着"变化"和"停滞"的分野，当中国只能扮演那个落后的角色的时候，它的景观也被赋予了这种消极的意义——可是，这种观看永远不是单向的，被看的也会成为观察者，被假定为怠惰、迟滞的观察对象会成长为新的观察者。

这种看与被看，主/客的转换，意义的埋没和发现的游戏，现在轮到了本地人自己了。

上个世纪末至今的中国大开发，让芜湖续写了"对外开放"的故事，本来就是异军突起的小城，成了安徽省最重要的经济枢纽之一，经济增长势头不错。一个世纪以后，现在"新"和"旧"隔着水岸掉了一个个儿：世纪之交的"新"，就像在壮丽的天际线上崛起的摩天楼一般，已经是岸上的现实；走向世界再不必通过江中的军舰和轮船，原本象征着变化的河流被冷落了，反而倒过来，成为滨水楼盘看风景的对象。可是，这种"新"的都市景观一开始便蕴含着某种危机，一切回到了它问题重重的原点——"现代"最初带来的病毒，有可能在本地的肌体里变异成新的疾患，与此同时，"现代"舶来的意义，也并未在本地的风景里落定。

作为到达水滨城市的第一站，荒滩上的传统船坞本不大事声张，如果它不贴近森严的壁垒，那么一定会躲藏在缓坡下面，或是隐身在密密层层的芦苇荡中，轻易不透露身后城市的秘密……然而，在当代的水码头，这种情形无疑已改变了，新的城市形象通常直接等同了"开放"的视觉，"自然"和"人工"面对面，就好像能创造出黄金般的利润。古典的水岸是落后、原生和含蓄的，现在，一切都因"进步"而人工化、直抒胸臆，一个来访者进入一座城市不再有断然的边界，相反，他看到的是类同于"×× 人民欢迎你"的横幅和景观，在江岸边，一切似乎都在大声说着："我在这里……"

尽管生态学家告诫说，有水的地方难免就有蚊子，砍掉了树的广场也难免冬寒夏炙，但是，城市的时髦都喜欢洋景观的"亲水"和空阔，却不考虑和真正的"自然"作对所带来的麻烦。这样建造起来的硬质城市水岸，通常有着僵化与刻板的建筑层次，毫无例外，通过在波光中倒映的霓虹光影，它们都把人的喧扰直接推向城市的前台……

让我们再回到曾经以"水乡"自况的芜湖。在水滨空旷的当代广场，"人家尽枕河"的亲密意义已荡然无存。可是开放的视觉并不意味着当然的透明性，相反，在城市的边缘向后无限推展，你的眼睛终究会被什么东西粗暴地阻断，经过精心修饰过的、常常花里胡哨的"都市景观"，依然是一道不可逾越的边界——这边界实际上是一堵新的城墙，妨碍了人的心灵向真正的景观开放，就像电视节目妨碍了大家走出室内的世界，手机让人难以抬头看路。如此"都市景观"，加上被后现代理论家们溢美了的"立面建筑"，使得"××江岸改建"这样的"形象工程"永远只是绕着一道墙皮打转，心安理得。它省略了那些高楼后面衰败无望的街区——当你不再只是躲在舒适的小汽车里通过漂亮的大街，而是步行深入每条小巷时，你才会意识到，一个城市真正的环境事实上会有多么嘈杂，可以多么远离那些广告牌上粉刷起来的世界。

——"都市"不曾真的改变时，"景观"便也枉为。这种全知全能的、"开放"的城市图像，包括粉饰一新的古代的图像，把真正的感性逼入了绝境，声称"和世界接轨"的图像反倒遮蔽了我们的眼睛。按照凯文·林奇的看法，把（视觉的）"解放"和（城市居民的）"自由"等同起来的做法，其实是一种错误，这种错误缘于混同"所见"和"所知"的错觉。在城市中辨认前途的同时，人们其实是在不停地审视自身，审视他们和城市的关系，这种积极认知的过程不单纯等同于图像的制造，"城市的意象"同时也应该是"可意象性"（imageability）。面向传统、乡土和理性，林奇理想中的城市应该使人轻易"识途"（wayfinding）："可意象性"的五要素，基于一条有意义的"路径"（path），清晰界定的"边际"（boundary），暗合于地理人文的"区域"(region),创生出节奏和变化的"节点"(node),以及总领全局的"地标"(landmark)——为当政者所最看重的城市"形象",实在只是五个要素协同配合的结果,而不是原因。

一个富于"可意象性"的都市景观应该是像真正的景观那样充满生机,并可以随性游历其中的。景观的美学本不是问题,"成问题"的在于,这种对于特别城市形象的期待,将导向城市和它的居民间呈现如何的关系——现代人的两难在于,他们不仅要成为骄傲的审视者,同时也要忍受被审视的尴尬,他们不仅会沉溺于那幅让人"热血沸腾"(20世纪初期芝加哥的规划者丹尼尔·布南姆的名句)的城市全景图画,同时,因为"两处茫茫皆不见",他们也会纷纷后退到如今唯一可以信赖的"感性"或者"功能"。

与前现代南方小城中那座不大能登临的塔不同,与实心的北京城墙和只起装饰作用的虚假立面也不同,现代的湖畔大厦或是水滨广场,不再仅仅是导引船夫和进香者的地标,而且也成了簇满无奈生灵的鸽子笼和收容所——理论上,高耸的摩天楼或是开阔的空地,都可以帮助人们更好地"看到"他们的城市:住得越高,越接近于想象中的上帝之眼,或者是谷歌地图上的卫星照片,离嘈杂拥塞的街区越远,"如画"的城市天际线就越容易呈现。可悖论是,越往上去,越往后退,这座城市终究将看得越来越不清楚。

——事实上,当你领略了这座城市的全景时,你早离开了这座城市,不再属于它。人看城市,城市看人,人看人……在这种错综的眼光里,寻求像长安那样神圣城市的意义已不太可能,即便离拥挤的人群远一点儿,也并不能回到古城边际的"空",为了能再次"进入"城市的生活,最简单的办法就是捂住眼睛,放弃那种庄重而单一的观看,"跟着感觉走";可是,一旦睁开眼睛,目光所及之处,还是需要什么来投射与面对,只不过平板的宫殿大墙,现在变成了遍地流淌的、使人应接不暇的形象——这一切,成了一场"肉身"和"心眼"之间纷乱的搏斗,前者徒有感受却表达不了自己,后者始于形象也只能终结于形象。

休谟说,人生由习惯与信念决定。如果习惯是自上而下,从前往后所约定的,受到你的周遭制度、公约和风尚不可抵御的影响,那么信念还属认定的、能动的东西,在这里具体而微的日常,而不是照本宣科的仪式,才扮演了最重大的角色。如果说,必在所知、所感和所见之间寻一条现实通道的话,对我而言,城市首先意味着主观,纵使这种主观有时意味着以偏概全——由切身的感受出发,彰显一个人之所见,最终有可能导向真正的有关世界的知识。在别处我提到过,写城市是很难不以偏概全的,但盲目和迷失有时不无道理,哪怕极端而荒谬,你无法指责一个人对他置身城市的感受是完全"错误"的。为"典型"的城市经验,尽管经年日久的物理"类型"(type)奠定了不容易改变的基础,我感兴趣的城市历史,不是为了得出一律性的指南,而是试图表现超乎普遍法则之外的复杂性。对于我写过的绝大部分城市,我都有着切身而实在的体验,借助个人化、地方性的视角,城市"目前"的意义得以表达。

我并不想夸大这种个人体验的价值。具体的城市经验中有"我"但又无"我",它只是为了解答"我们"之难。"我们从哪里来?"的话题,似乎早被回答清楚了,只是答案有点扫兴——"山川城郭都非故"。讽刺的是,就连"我们将要到哪里去?"的问题,也一并在像素化的城市,现代性的景观中"解决"掉了,准确地说,是西方人丢下的打量城市风景的方式，而不仅仅是他们城市遗留的建筑开启了新的问题。"眼见为实"，那些更为确凿的晚近上岸的"遗产"，扫清了它在江边的竞争者。如E·M·福斯特所言，我们——当地的人们，也久已忘记了早先"那些寺庙的庄严和起伏的山脉的美丽"。

在我的家乡，英国人的江海关建筑在长江边伫立已经很久，它成了原先那座宝塔的有趣伴侣。那是一幢乔治式的红砖塔楼建筑，是这座小城中建起的第一批西式房屋，通过"缙绅化"式的修缮，如今又恢复了最初的面貌。按海船报时法，它的自鸣钟一天二十四小时叮叮当当地敲响，奏的是英国钟曲《威斯敏斯特》——钟楼至关重要，它建立了全城人都可以感受的公共时间，要不然，一切"看上去"，就该和宝塔，甚至漓江畔的山峦没什么不同了。

确实，这殖民者的赠礼不仅是用来"看"的。按照刘易斯·芒福德（Lewis Mumford）的逻辑，高高钟楼上带有刻度的钟表，将把这港口的吞吐量转化为可以具体度量的东西，随着分分秒秒指针的移动，如今人们能感受到的，不是抽象的永恒和须臾，不是晦暗亭台中的暮鼓与晨钟，而是时刻变化的生活境遇和经济现实。

这一切或许不是偶然，从钟楼再掉头来看这既古老又陌生的"都市景观"，便不是回溯，而是前瞻，因为所有的改变正是由此开始。

            曾发表于《读书》杂志2016年第4期
            2020年5月23日修改
            2023年9月26日再改

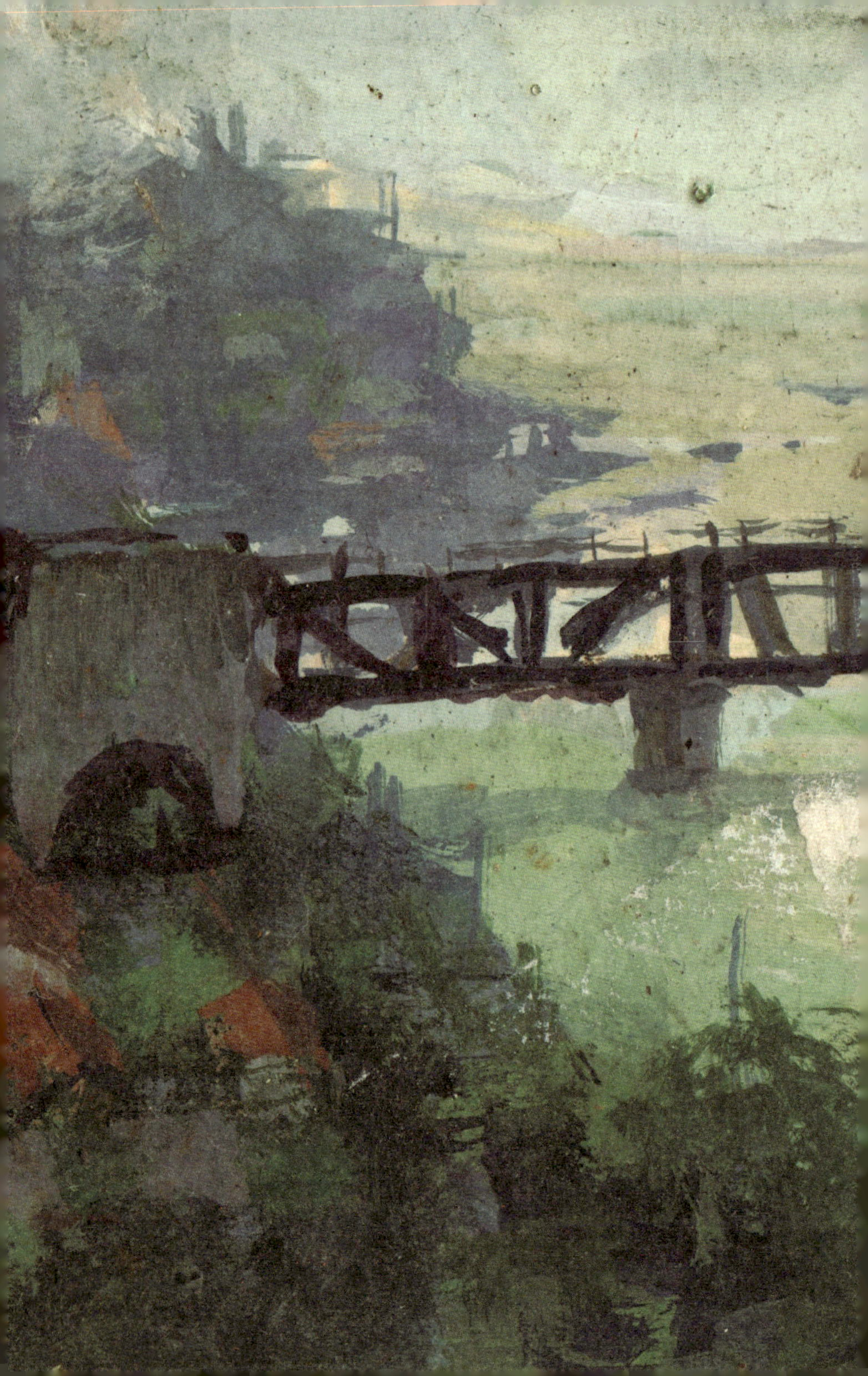

图书在版编目（CIP）数据

无名的芜湖：寻找故乡和风景 / 唐克扬著. —— 成都：四川人民出版社，2024.5
ISBN 978-7-220-13602-3

Ⅰ.①无… Ⅱ.①唐… Ⅲ.①随笔－作品集－中国－当代 Ⅳ.①I267.1

中国国家版本馆CIP数据核字(2024)第040989号

WUMING DE WUHU XUNZHAO GUXIANG HE FENGJING
无名的芜湖：寻找故乡和风景
唐克扬　著

出 版 人	黄立新
责任编辑	王　雪
特约编辑	陈　轩　尹　然
装帧设计	陈小娟
责任印制	祝　健
出版发行	四川人民出版社（成都三色路238号）
网　　址	http://www.scpph.cn
E-mail	scrmcbs@sina.com
新浪微博	@四川人民出版社
微信公众号	四川人民出版社
发行部业务电话	(028) 86361653　86361656
防盗版举报电话	(028) 86361653
印　　刷	四川新财印务有限公司
成品尺寸	148mm × 210mm
印　　张	7.125
字　　数	160千
版　　次	2024年5月第1版
印　　次	2024年5月第1次印刷
书　　号	ISBN 978-7-220-13602-3
定　　价	58.00元

图书策划：■ 活字文化

■版权所有·侵权必究
本书若出现印装质量问题，请与我社发行部联系调换
电话：（028）86361656

目录前跨页图：20世纪80年代，在市中心的镜湖游泳是市民们一项通俗的娱乐
图片来源：作者收藏照片

第216-217：青弋江上有过的"铁桥"，曾是芜铜、皖赣两条铁路线上的一部分，2011年拆除。纸板油画，艺术家不详
图片来源：作者收藏